U0918633

刘烨园作品系列

一生与某日

刘烨园 著　冯秋子 编

GUANGXI NORMAL UNIVERSITY PRESS
广西师范大学出版社
·桂林·

一生与某日

YISHENG YU MOURI

图书在版编目（CIP）数据

一生与某日 / 刘烨园著 ; 冯秋子编. --桂林 : 广西师范大学出版社，2023.10

（刘烨园作品系列）

ISBN 978-7-5598-6342-3

Ⅰ. ①一… Ⅱ. ①刘… ②冯… Ⅲ. ①散文集－中国－当代Ⅳ. ①I267

中国国家版本馆 CIP 数据核字（2023）第 163624 号

广西师范大学出版社出版发行

广西桂林市五里店路 9 号　邮政编码：541004

网址：http://www.bbtpress.com

出版人：黄轩庄

全国新华书店经销

广西民族印刷包装集团有限公司印刷

南宁市高新区高新三路 1 号　邮政编码：530007

开本：880 mm × 1 230 mm　1/32

印张：8　　字数：140 千

2023 年 10 月第 1 版　　2023 年 10 月第 1 次印刷

印数：0 001~6 000 册　定价：56.00 元

代序

刘烨园与散文[①]

问：人们说最有活力的是经济，最分化杂陈的是文学。眼下散文极为活跃，您能否谈一下看法？

答：现在的报刊大概是中国有史以来最多的，但比起发达国家，我们的人均报刊数可能仍然非常低。需稿量空前增大，读者和作者的队伍显然在一块儿扩大。眼下散文的繁荣该是一个奇迹。因为这是一个经济大潮冲刷一切的特殊时期，散文不仅没有消亡而且还得到了发展。

散文短小，刊用和阅读都方便。也有些散文洋洋万言。报纸副刊刺激了散文创作。像悄悄展开的一场作文比赛似的。

不过副刊上的散文有些大致是一个味儿的，有不少写得太甜，娇滴滴，花拳绣腿，俗气逼人。这样的文章无意思。

有人以为散文主要是用来弄弄风月、发几声伤感的，是可以

① 本文系张炜答《山东青年报》记者刘建问。

玩玩的一个文体。这就全错了。散文必须求真，有血性风骨。

一个散文作者不能从根上告别伤感，就不会脱俗。

问：山东年轻的散文作家中，您比较注意哪几个？

答：读不全。大概一个作家不应该专门写散文。因为这种文体的特征，就是情感把人逼到尽头的一场倾吐。天天写，天天把人逼到尽头，不可能。散文应该是作家的偶然生发，它尤其不是“作”出来的。

大多数散文的失败，让人不能忍受，就是“作”的味儿太浓。

年轻好手，刘烨园、李蔚红、汪家明、王延辉、于建元。刘烨园写得比较多，影响的时间也长。他文章中已经有了相当固定的东西，也处于了重要发展的前期。

问：您很重视刘烨园的散文……

答：他在我常读的作家之列。比较起来，他爱文学爱得更纯粹。

在前些年这样的作家就不多，现在看更是凤毛麟角。我们应该倡扬、认识并发掘这种精神和倾向。

他在自吟。

那些印在纸上又在风中滚动的文字，它们的作者大多未曾感动过。刘烨园能够感动。

一个能够感动的作家就是优秀的。

问：您说的“感动”是指作家写作时的激动吗？

答：人的情感有个根，它往往扎在命运里。一个人活着就会不断地回忆、目击、倾听，不论来自哪个方向的刺激，只要你觉得那个“根”动了一下——哪怕只是轻轻一动，也要记住。

深刻的人总能记住那一动，并咀嚼它。

我想，这大概就是感动。而不少的作者只会夸张自己的情感，他们的激动虚妄又肤浅。你留意一下或许就会发现，很多“激动”是有个套路的——一个作者写到哪里会“激动”，他自己、他的读者都预先知道。

问：刘烨园的散文有一种难以摆脱的沉重。有人说他是一位“孤独的行者”。您对此怎样看？

答：是的。不过他倒因为这份沉重变得浪漫起来。我注意的并不是很多人一眼就能捉到的东西：那根贯穿始终的低吟之弦。我却看到了他用来自慰的想象——这种想象已经走入了浪漫。

他也回忆、纪实，使他留恋的是由此滋生的意象。他引申下去，找到了一些性质不同的欢娱，其中当然也包括了悲凉什么的……他是一个比较典型的诗人。

问：他的散文在当今是否代表了一种倾向？您能否谈一下这种倾向的意义？

答：粗粗一看他或许代表了“副刊散文”，因为大致差不多。其实两者之间的差别极大。似乎都很讲究文字，都很情绪化，虚虚的。

这一段时间散文看上去从未有过的繁荣；从另一方面讲也可以说，从来也没有过这么多人一块儿动手糟蹋散文。

刘烨园只代表了自己。好的散文作家从来不代表其他人的倾向。有价值的人总有一份沉甸甸的人生。这也是他与一大批散文作者的区别。

一个人不能轻易流泪，更不能让眼泪染上醋味。本来是一个很正常的人，一写文章就变得弱不禁风，什么“我的爱”“我的心”“我的孤寂、惆怅……”“我的他（她）”……让你在无聊中感到腐败和没出息。

问：在浊浪排空的金钱文学背景之下，刘烨园坚守着，您怎样看待这种现象？

答：这只能让人多一份敬重。你的比喻很恰当。济南这座文化古城可不是那么容易从精神上被摧毁的。坚守者不乏其人。我说的“守”并非专指文学。我是说坚守信仰。

有信仰的人多起来，那才会是一个大时代。

现在我也像别人一样，对“贫”“富”之类的概念变得比较敏感。所以我说，有人年纪还轻，却让人感到了那么富有，比如刘烨园，再比如写诗的胡鹏，等等。这种富有才是真正的、让人长久钦慕的。

问：他说自己是一个顽强的“拣石者”，一个“启蒙者”……

答：启蒙者就是醒着的人。有人可能窃笑，笑我们现在还谈论“启蒙”。

任何时候，我们都会痛感提醒生活的人太少了。都忙着随声附和，喊哑了嗓子也无非帮了历史的倒忙。刘烨园不是这样。我说过他在“自吟”——用心灵的自语去启迪，寻找心与心的交谈。谁如果嫌这一类声音弱小，那么就加入交谈吧。

这一类声音正因为包含了意义，将来很难消逝。

相比起来，那些在某个时期震耳欲聋的喧嚣，终会化为泡沫。

问：您认为他的散文有哪些特点？

答：他写得很抽象，所以有人在理解时可能觉得不方便。这种写法主要出自两种人：渴望成熟和已经成熟的人。对于后者，有时不抽象就没法表达。

他要说明的、回告你的，往往是无法言喻的事物，又一时找不到更具体的对应。而艺术是需要回到具体、通过具体，以传递极抽象的意味。

在刘烨园这儿是翻过来了。于是粗读时，会觉得空泛、短促、烦琐。但我要指出的是，他的这种抽象是有深度的。

这种特征对他的局限一眼就看得出来。

很多长于思索的人对具体的事物没有很大的热情，多半渐渐走入了抽象。但一个艺术家仅仅如此还不行，还要从抽象中走出。

我已经感到了他似乎正从那里起步，回到一个具体的世界里来。

问：他更有“思想者”的特征……

答：艺术家是稍稍隐蔽了的思想者。我说的隐蔽不是将思辨埋入文字，而是指隐蔽了对抽象事物的热情。好像只专注于具体的分析和描绘。全部的奥秘就在“好像”二字上。

对于一个艺术家和哲学家而言，他们有一个共同的“家园”，即“抽象世界”。但艺术家落于凡境之后，看上去能够“乐不思蜀”。这就是艺术家高于哲学家之处。

刘烨园太迷恋“家园”，于是就不愿在文字铺成的小路上徘徊。

问：刘烨园在散文领域默默耕耘，像一个“朴素的劳动者”。您能谈谈对他个人的印象吗？

答：他给人很警醒的感觉。不过他对于“知音难觅”也多少有些烦了——这从文章中透出。

他是个坐得住的人。你可能说这是最基本的，我说也是。不过你得看看到了什么时候。对于一个写作的人，在诸多条件中，“坐得住”可算是一个“硬件”。

刘烨园的文章不“走神”。

我翻开那些热闹人的热闹之作，发现他们压根就心不在焉。你说的“默默耕耘”多么好，不过谁做得到？

一个人有一份日子，既不能相互取代，又不能相互模仿。一个过了三十的人还在不停地模仿别人过日子，这个人肯定没指望。刘烨园的独立色彩才使他变得有了意义。

一九九三年三月二十二日

序

走出困境：散文到底是什么?

如同我们在所谓现代派的异域文学中本末倒置，领会的不是阅读时心与心朦胧相撞的感觉，而是那种几乎所有的服装工厂都能成批生产的流行衣裤似的“技巧”一样，我们用近乎虔诚的、笨拙而刻苦的努力来萎缩自己的心灵，在无限丰富、肥沃和繁杂的精神土地上，辛辛苦苦地种出了干瘪得连充饥也不够的食粮——我们的散文。一个泱泱大国，五千年（或可上溯到以想象孕育神话的无字年代）文明的广袤原野上，当时代的四季更换时，面对世界面对洪潮，何以在那公开的园地和尚不得发表的稿山里，竟生长着仿佛经历了一场旱灾似的发育不全的稀疏细草。时间和空间还不时把它们中间那些已经干枯而又被人为地插上并涂抹一层斑斑弱色的更无生命的梗叶忘却？为什么为什么？是没有疆界的心野已经消失？是永恒的太阳、雨和土地的孕育不再存在？如同大自然一般的历史其实永无贫瘠，无论灾难还是升平，都是它命中注定的、要来终至的永恒本色。地球从来没有因为台风、暴雨、冰川、地震、酷暑而不再生长万物。然而好散文毕竟黄金化了，本应除了黄金以外各有其价值的绿树、山岭、河流、大海……令人费解地从视线里消失。我们将其归罪于几个专制的执笏文痞自己都觉得已经站不住脚；千千万万拿着笔的人写出的文字连那支笔的粗细都不如，这岂不令人震惊？早在哥白尼发现地球不是宇宙的中心以前，相反的法则就昭示了精神创造的主宰乃是人类自身。这自身如今却使上帝在散文的领域里走到了绝境。

没有比散文更自由更本色更浩渺的了。我们费尽心思编拟的小说，为逻辑严密而如履薄冰的政论，树帜或亦步亦趋地在布满意象、韵脚、辞藻的荆棘中跋涉的诗歌，都远不如仿佛是在黄土高原或南海椰林里愿怎么喊就怎么喊，愿怎么生长就怎么生长的散文来得痛快！它那么适合青春，适合跃动的灵感，那么不拘形式，那么风格任意，最能姹紫嫣红；那么可以随意驰骋，信笔穿行，但却何以不如小说不如政论不如诗歌繁荣？是时代变了吗？时代变得恰恰更需要更呼唤散文了。你想想，那节奏那微笑那丰富那饥渴，没有任何岁月比此刻更适合你把人类的良知，信息匆匆里的沉思，连同想象、回忆、深情、惶惑、忧愤、希望、挣脱、痛苦，稍纵即逝的回归和延续，新旧中外文化的冲撞、惊醒等用笔触、用真诚蓊蓊郁郁、矛矛盾盾地汇聚在历史在东方在文学的沃野上。森林一片，海潮汹涌，崇山峻岭，河溪纵横，百花蔽地，这里那里有你的生命你的血脉你的自在，这是何等自豪何等快感何等欣慰的季节，你怎么能辜负自己，辜负散文呢？

但是散文这个从遗传学上讲是小说是政论是诗的本该异常强壮的杂交之灵，占有天时地利的幸运之神，却被我们呐喊自由创新或我行我素的许多青年、老年人扭曲了，几近奄奄一息。那浩卷繁帙的量多堆积正落叶般地证明质的罕见和珍贵。但在海峡那边，我们注意到，当他们汇入世界洪流的繁荣远远走在我们前面的时候，若干年来，那文体、立意、美的法则最无拘束的散文，也一直排在畅销书之首。我们在疾步追赶他们文明的橐橐声中，和他们一样的散文时代会不会到来？我们有多少人意识到散文得天独厚的历史和土壤与当前困境的反差是由于散文自身的吸毒和作者人心的早衰？我们有没有发现自己还不是自己心灵和个性的上帝，有没有头晕目眩，自以为是地捡起孱细的干枝黄叶和沙粒就企图把文明毁于虚假的一斑？抽干自己的一切，留下的是怎样的发表的沾沾自喜或不得发表的颓丧？孩子似的萌芽在走向茁壮的过程中却倒退为一个死婴的医学课堂标本，这反向的负数，令人深思。但当现状比比皆是时，接下来的就不一定是窒息是沙漠，而是希望和行动了。

因为人毕竟是人。历史毕竟是历史。

俄罗斯的《猎人笔记》《林中水滴》留给我们的不是“文学描写辞典”之类的干瘪；我们也不应该误解《庄子》《阿房宫赋》《岳阳楼记》，不过是过往的不屑一顾的唾沫；《我控诉》（左拉）、

《鸟啼》(劳伦斯)不是晦涩，不是不合国情，它预示着横穿东方古国大地的黄河长江两岸也同样可以出现西方这种生机勃勃的精品。自然、社会、历史、精神，要多大有多大，要多深有多深，你取之不尽，用之不竭，源远流长，但拿着笔的人仿佛不思不想，视而不见、听而不闻，越写越不忍卒读，这不啻是悲哀，而且荒唐。

凡是无心无个性无真实的文字，读者将报以绝不浪费时间的拂袖而去，这是绝对的公平。

有意的骗子曾把散文地狱化了，而无意的好人又莫名其妙地将散文引入窄巷。“抽刀断水水更流”，当灾难将历史引向歧路、支离灵魂的时候，文学依旧并似乎依赖着这国计民生的厄运而获得财富(怪?——一个值得深思的现象。但它至少证明精神与物质的行进常常不是教科书所说的成适当的正比，而是倒退的反比或貌似倒退却是遵循着铁的规律的执着。这种执着，总有一天要将物质和精神统统拉进历史的“八卦图”来，并肩而驰。哪怕再入歧途，重回正道)。这笔财富眼下几乎无可奈何地让小说政论诗歌独占了，曾经以自己的个性走完文字生涯的朱自清、郭沫若、郁达夫和杨朔，做梦也没有想到他们的遗产不仅仅被一代人模仿，更多的是许多人正在竞相模仿本来就成绩不佳的模仿者，从二分之一退化到四分之一、八分之一、十六分之一，几近于零。捡起前人的碎布吞下去，自觉自愿地让自己消化不良，心河干涸、笔头枯燥，这是一种什么心理?天下之大，真是无奇不有！饱读诗书的才子们，高谈阔论的热血青年，当诸位执笔的时候，俄罗斯原野上那种大自然的深沉、清新，毫不矫揉造作的美的滋润哪儿去了？诸子百家的警醒奇峻、汪洋恣肆又绝不空泛吹嘘，强说愁假抒怀的真诚厚实何以不见半点遗传？蒙田卢梭罗素左拉云云，开口闭口被谈得天花乱坠，其精华其社会责任感其勇气其个性怎么会在文中那么明显地荡然不存，露出先生（鲁迅）在车夫面前自责的那个“小”来却又毫无知觉？我们的血管里到底流着什么？当自己还能责问自己时，伟大的成长就开始了。而等到历史来责难时，废字往往已经被收购加工，变成和精神创造无关的造纸厂的新的利润（这结局还算好的），当事人只有叹息或不知叹息地虚掷光阴了！

散文的复兴、发展，在于人的解放，心灵的真实，在于青年，在于“散文”的批判。

走出困境就是走出束缚，走出角落，走出模仿走出自欺走出非个性走出对先人对散文的误解和俗浅，承认心灵就是心灵，坚信散文不是你或旁人认为的社会已经“承认”并由于种种原因印成铅字的“散文”；你完全可以创造散文。这样就有可能出现八十年代九十年代二十一世纪的诸子百家，各领风骚，万紫千红。散文无处不在，因为生活无处不在；散文就是你，就像你就是世界；它不屈从任何模式任何标榜任何权威，就像精神即使在牢狱里也会自由自在地生长呼吸。散文不是亘古不变的日晷，是数不清的山，是千姿百态的树，是草原，是花群，是千百万人心中不同的夜空，是复活节岛的沉思，是现实的冷静、愤怒、尖锐、调侃、享乐，是上溯地球形成的奇想下至亿万年未来的推测……只要是你的，只要你相信，只要你不侮辱自己，你就一定能写出和生命一样不可言喻的美妙和感人的文字。

这个时候的散文，这样的散文，生于博大深邃的心灵，兴于斯，长于斯，与你同在，与人类同在，汹涌澎湃，属于青年属于中年老年，属于千千万万读者，各取所需，脍炙人口，四季常青。

一生与某日

目 录

第一辑

第二辑

第三辑

第一辑

来自何方

我在一些时候写到了庄严、崇高、浪漫、生命、纪念、青春与爱……这不是词儿，是骨子里的气血，也是本性里的丝丝缕缕。这本是我自己的事儿，本不必也用不着好像表白似的再解释什么。多年来，解释在我总是极不情愿、极难受的事儿，因为这根本不是我的个性。然而我又是写文章的人——如果不是，就太好了、就自由了，就可以像我在生活里那样沉默、冷峻，不去解释和讨论，只是思考，只重思考后我行我素地做事，就像我和那些经年的老友们在一起时那样。在他们面前，我从来不谈我的文章，即使他们什么都理解，都明白，甚至比我还深知我这个人的林林总总（有关切和调侃、诅咒为证），我也更希望他们完全忘了我曾写作这档事，永远只把我当成那个从十三岁就和他们一起“经风雨，见世面”，奔波着操劳，如今在不写作时也依然这样大逆不道的人。然而我毕竟又写了这么多文字，写了这么多年，而文章一旦发表，就是客观的了。那么，就由不得我也不能免俗地叨叨几句。这真是一轮又一轮身不由己的恶性循环，好在这还不是为自己，好在我有时仍在盼望：如果有一天，真的能弃笔而更加艰辛，那我也就真正的永远解脱了。

那一天，那样没有我的一天，终会来临吗？仰首秋空，真愿像它们一样蓝得纯粹。然而这纯粹，却来自壮烈。太初宇宙巨爆的混沌是怎样的无以复加的恒久的形态？我看了它好久、好久，真想让灵魂在那秘密里永不归来。

然而我还是归来了，这是白天。白天有我陌生的人群的现实（我曾是多么矛盾地熟悉它呵，在我也为琐屑迷惘的年代）。回首往事，那些生长在世间的庄严、爱、崇高、生命、青春、浪漫和纪念……为什么总是给我固执和深情？我不是刻骨地知道它们来自血污和也经过卑琐吗？所以，当它们成为我的文字之后，我才总是忧虑？忧虑于误人子弟，也忧虑于别人的理解。因为这些“词儿”在我是活的形态，其真正的意义与灌输的流行概念决然不同，也与许多人自以为是的答案不同，只可心悟不可言传。这就是语言的无限和有限，写与写、读与读的绝对不同。比如生活中什么叫崇高什么叫不崇高，以及崇高的含义到底是什么，它是否随着岁月和时代变化着，是否随着理性和年龄的成长而上升，又是怎样形成和表现的等——人们肯定各执一端，实在不是语言所能定义的。这既正常，又给人欣慰。因为还有一端可执，就证明它的不死，它的活在灵魂中，它的价值和希望；证明人们还需要它，只是现实难以发现它的形态或它等在哪儿罢了。这样，它的生命力也就在于证实着诋毁者和悲观论者的可怜和无知了。然而如果说连梦想都是具体的，其实现更是具体和实践的，那么所谓崇高也就只能在人生中活跃了。而人生又是怎样的呢？多么复杂，多么千姿百态，大小不一，难以界定。于是根植在其中时隐时现、时这时那、时内在时外在、时微弱时强大、时平凡时悲壮的极错综、起落的崇高也就肯定不像简单的数学那么明了。这还能不产生歧见吗？我不是已经遇到过很多吗——你所认为的崇高和他所认为的恰恰相反；一些人正在把与崇高并不对立的人的生存欲望与它对立起来，得出否定崇高的解答；一些不过是平平常常的善行，就被“上纲上线”，冠以“崇高”的美名，搞得当事人也莫名其妙；更有甚者，眼见着崇高也无动于衷，甚至嗤之以鼻，因为做不到，还想叫别人也不做，但有时他们又也极反感卑劣，结果就这样成了卑劣者的帮客……这还不算别有用心地歪曲和践踏崇高的那些权势者和小人呢。如此种种，崇高应该欣慰了。如果它不是极其重要，谁还会理睬它，谁还会为它冲突得不可开交，还会有哪一个真正的人为着它而穷困、而献身、而执着、而不合时宜，而被人冷落也至死不渝呢？然而这一切也使我由疑惑而沉思，渐渐格外警惕：真正的文字绝不是游戏，它没有规则，而人生的体验就更如万花筒——在你那里已经远远不是问题的“问题”，早已成为理性的、坚定的，甚至习惯成自然的行动，在别人可能还在百思不解的“初级阶段”，而且还是需要费尽千辛万苦才敢小心翼翼肯定的“初级阶段”，这就骤然使你觉得有天壤之别，再也不愿说什么，再也不愿来往了。算啦算啦。哪怕原来还挺有好感的，或者已经爱上了呢。一个人的气质、性格、经历和苦难所给予他的不言而喻的原则和力量，常常也同样给他惊讶：本是正常的、正当的生命，怎么就有人以为反常，以为不规矩或“傻帽”呢？且还真板着一副自以为是的正人君子、贤妇淑女的朽脸来贬责生命。他（她）们扭俗了自己不算，还非得扼住别人的咽喉一块跟着他（她）跳入火坑，死而后已不可。可偏偏这样的人还总抱怨多多，嫌这也不行那也不是，嘁嘁喳喳，其实无非是没有满足其贪婪和假正经罢了。他（她）们把自己糟蹋得真够水平。大千世界，真是无奇不有。然而许多年已经过去了。人们也从当初激愤于“这些人怎么会这样，怎么能这样”的心态中走向理解、深刻、泾渭分明。于是即使是好人，也只是浅交而不深交了。太看重真诚和情义的人，如果又和别人所看重的迥然不同，一旦深交，必然要真实地袒露生命的原色，结果别人将不理解，将承受不了，大失所望。这于自己虽无所谓，但在别人，却因毁了他所中意的世俗之愿而苦恼。如果苦恼了仍未得出真谛，那么即使你是对的，对他人又有什么好处呢？所以还是别关心得太多太不必要而互相尊重、各自东西得好。然而浅交就不同了，谁也没有负担，你不必看重，他人也不会被真实弄蒙，得过且过，两全其美，没有任何麻烦，因为没有意义，没有感动和难忘，于是很快也就忘得差不多了，久而久之，索性连浅交也没有了。对方也本无多少指望，事情也就无声无息地过去。对男人如此，对女人又如何呢？我们老朋友们在一起的时候，有时也会偶尔聊起所谓的“爱”来，也都会有一个共同的感受：爱其实是没有什么值得想、值得写的，它是本性，本性就是不言自明的规律，你写也如此，不写也如此，人人有之，没什么区别。没区别也就千篇一律，无多大嚼头。然而怎么又有了那么多感人的爱情故事呢？原来值得写值得想的不是有爱，而是懂爱或不懂、会爱或不会爱（对青春、庄严、生命、浪漫、艺术、责任、父母、子女的爱也如此，一切的爱皆如此）。正是这懂和会，古今中外，导致了多少故事，多少悲欢离合和美与丑（比如由爱祖国、爱子女而引发的悲剧还少吗）。所以，每当感到爱或被爱时，也就再也不会轻易冲动了。“你得当心。伙计。有爱和懂爱、会爱不同质。”已经见得太多，已经有了可以不再随便付出自己的爱，也不再简单地接受别人的爱的理性了。“有”就叫它“有”吧，“伤害”就“伤害”吧——伤害的是非到底是什么？如果我是人，人有权不接受，如果这样就被认为是“伤害”，那么你认为我“伤害”了你，这本身不就是对我的伤害吗？因为我并没有伤害你。你有权要求，我有权不接受；我可以要，你可以不给，这不是两讫了，何有伤害可言？这比别人有爱而不懂、不会爱，而他们是既有而又懂又会的，如此一旦“上当”，最终冲突起来的互伤毕竟小得多。何况有的人不管别人如何，在他们，社会责任、事业、信念、精力已经成为可以牺牲本性所渴望之欲望的首要支柱，她们爱得起吗？她们也将牺牲，会爱得很苦很苦，这在世俗里似乎不值得（心甘情愿，另当别论）。不想辉煌，却无意中以付出最美的代价而辉煌，这是可笑还是崇高呢？而那些为了爱，为了对方的不懂不会爱也要爱和被爱下去的悲怆的燃烧，又该做何解释和评价呢？如此联想而至庄严、浪漫、青春、纪念、生命——尤其是生命，不也就更是可悟而不可言吗？不也就因了多义多元，活生生地具体到了事和人、岁月和时代就更加复杂吗？如此，我又怎能不忧虑于别人对我的文字的阅读呢？何况在那些文字里，在一些地方，我还用了许多诗象的、建筑的、音乐的悟意；隐喻、象征、立体、反正……整篇的、字词的、句式的，外在的、内在的，就像里尔克的诗中，“苹果”不再是苹果一样，那些“街道”“呛尘”“自然”“手”“脚”“峡谷”“森林”“磨盘”“潮湿”“红林”“榫”“生命场”“途中”“根”“栈”……都是情感、灵魂、生命形而上地划过时空的声音，似乎也只有这样，我才能笨拙地表达出所感受的一切。也正是这样，它们不好懂和更容易歧解也就是极正常的了。要责怪就责怪我吧。

尽管这样，我是否非要在这里如此地唠叨一番不可呢？我两难了。

庄严、浪漫是人与生俱来的本性，就像嫉恨、报复、同情、自私等也是人的本性一样。本性似乎有生理（如吃、性）和心理之分，或密不可分，但都是本性。因而它们都在生命里存在着，斗争着，起伏着，只不过看哪些被开发得茁壮罢了，如同土壤里也有许多各不相同的成分一样。正由于是本性，它们就都不可能在人类的历史上消亡，除非人类已灭绝。本性的存在和斗争就是生命的过程，这种过程是活态的，因而有多种发展的可能性。本性无所谓善恶。善恶是一种社会价值判断，既是判断，其前提就是使用。使用产生了善恶。比方说对那些坏家伙，难道嫉恨其制造假药之类的害人之财，报复其对弱者的欺侮，自私地绝不宽容他们，这也是丑恶吗（当然，这种“使用”更是具体的、活的、极复杂极多元的）？难道我们就活该被伤害，只许他们放火不许我们点灯，或不许我们救火和不许我们不给他们放火的权利吗？这不公平！人是极高又极深的有思想的生物力量，历史发展到今天，绝对纯粹的本性已经不存在了。因而在我的文字里，“本性”“庄严”“浪漫”等，便绝非也不可能是没有理性的词儿。我曾那么久那么孤寂地深深体验、咀嚼过它们，那是多么漫长多么丰富而清凄地考验着我的时光。如今，哪怕仅从它们能被写出来就足以说明它们是思维的产物了。如同没有民主的思想，就是建立了民主制度也将一片混乱或走向反面；没有自由的理性，更终将同滥用或歧用自由的本性一样，庄严、浪漫即使在本性中多么强大，你不思考它，信仰它、坚定它、开发它、保护它、执守它、实践它，它也会用错或衰弱乃至毁灭。本性是极有价值的最根本的基础，但没有理性的把握和要求，它往往是昙花一现或只存在而不开花、不结果的，往往是救不了你也救不了社会的。这就是许多人在商品市场的大潮中嘲弄，丢失浪漫、庄严的原因（请注意，这与我同样肯定此大潮的历史作用不是一码事。我理解中国人实在穷怕了，穷得太久太久了。但我也同样没有忘记，普希金的时代也不富裕，而西方的电子、信息、工业化，是从古希腊、文艺复兴、启蒙主义的庄严、浪漫的文化素质里走来的。是人创造了那些文化，那些文化又养育、发展了人。而没有这些素质积累，我们在雪崩似的以物欲为“中心”的年头，是不是更需要开发、呼唤它们？）；也是人年轻时往往强烈地被庄严、浪漫激活、推涌，又渐渐在所谓的成熟中听不见看不到感受不着它们的原因；更是我这一代人当年用庄严、浪漫做了互相损伤的错事（还有其他社会因素），而另一些人以本性中的同情、爱怜暂时救了某一时某一个落难者（我即是被救者之一），却并不能改变历史悲剧的原因。而在生活中，有信念、有力量、有理性的人，他们行为的坚定、目光的自信、性格的沉着，承受压力的坦然，处世的真诚、胆识，都和那些只有本性闪光的人不同，难道其魅力不是像磁石一样，使人一眼可识和折服吗？这也是我对众口赞誉的《秋菊打官司》深觉遗憾的原因，秋菊连“觉醒”也算不上，充其量是本性的冲动罢了。但她不仅冲动，而且行动，这又挺可贵了。

从本性到理性是一个过程。这过程充满着运动性、辐射性和可能性。它是鲜活的。于是理解也就必定多样。于是也就有人把与庄严不同类的爱欲、谋生手段、对付现实的、自卫的“点子”“招儿”（它们往往还是为了实现庄严），和庄严混为一谈，并浅薄地以此要求庄严的纯粹。于是也就有人用庄严做标签，来遮掩恶行，占为己有，致使更浅薄的人为反对这些“败类”而连庄严也抛弃。有的人认为浪漫只有自己想象的那一种，以此曲解别人的追求；也有的人把生命庸俗化了，将其等同于实惠的无知，或者以为崇高单一得超真空，不食人间烟火，没有七情六欲，没有形成和伴随的血污与缺点，仿佛与人的复杂无关，这就更其可笑。这是不真实的。这样的一厢情愿，最终会把一切毁掉——且已在毁掉了，连同毁掉失望和迷茫中的自己。而我所见到的浪漫、庄严、生命和崇高的事和人都绝不是这样的。仅仅想一想，在坚定这些信念和性格的过程中，这些人经历过何等多灾多难的时代，想一想他们同样生存于如今的现实中，怎能不受煎熬，不留血污的痕迹呢？难道他们是没有“缘由”的外星人吗？如果是那样，他们就根本不存在，庄严也就真的高不可攀了。他们也是人，怎能没有人的其他欲望呢？苛求不仅不公平，而且在生活中，往往是最不怎样的人最苛求别人。这样的怪事太有意思了。如果说，一个合理的社会是能通过制度、法律、教育、舆论去发扬人之“善”，限制人之“恶”的话，那么一个真正的人也就不过是将其生命、高尚、庄严、浪漫等本性自觉地开发着，坚守着，努力以理性使用或克制其自身的嫉恨、报复、自私等其他本性罢了。高更以他出走的庄严和艺术的崇高完成了他的生命，但这只是结局，我绝不相信他在走向这结局的过程中，彻底根除了他内心隐秘的嫉恨、自私的骚动。他不过是没有用文字将其留给世人罢了。如果他留下来，我相信他将比“忏悔”的卢梭更实在更真诚更有勇气。然而我在我的文字里，为什么没有写出那些体验和思考、血污和复杂的过程呢？不，我写了，早就写了，只是发表不了。虽说这是一个大千世界，形态无限，但供我们写作选择的可能性很小很小。这样的小，也许就是许多的人都或深或浅地挤向写作之路，且又只能写得大同小异的原委吧（中国的报刊委实不少，可惜不丰饶），也是更多的人索性都去捞点儿钱花花的无奈吧——不捞钱又有多少有意义的事可干呢？人的精力总要使用呵。虽然挣钱和挣钱的目的不一定相同，就像青春和青春大为迥异，懂爱和会爱也是千姿百态的一样。

我永远不能更极其不愿指责别人不该做什么——人们非那样做不可，大抵总是有一些道理的吧。我想说的只是除此之外，还要有什么。有什么呢？又怎样有？它将是怎样的？因人而异。我写的不是结论，只是我的体会和自信——从前的很浅很久的历程。我只是还记得那时，在那自以为永远委屈却又永远怀念的飘荡不定的日子里，我已经这样回答过自己了：

幻想是可以抓住的。

何况人生。

我该记得的。因为选择过了。也这样得到了一些充实和欣慰。至于比我更年轻的朋友们说，如果这样，那是会在现实中“吃亏”的，我也只能回答，那太微不足道了。何况“吃亏”也是得到。浪漫庄严们既与现实不同质，却偏偏又活在这人间，明枪暗箭云云，还能不跟随着你？你选择了前者，其实也就等于选择了“吃亏”的生活，早就应心安理得。这再正常不过了。受伤，拔出，扔掉，挡开，上路……这样来几回，功夫也就深了，世俗也就奈何不了你。世道就是这般奇异：你愈不在乎，它就愈不能怎样你。它彻底输了。你在乎是由于你想要的和他们的一样，这是真正的危险。原来同谋在你心的阵营里呵。然而不在乎不等于不抗争，只是这不是为了自己不吃亏，而是为了公正和不再有扼杀生命、庄严、浪漫、青春、纪念、崇高、爱与创造的悲剧发生。

“没有真诚的心灵觉醒，人类的精神复兴是无从谈起的。”（奥尔利欧·佩奇[①]）

---

① 奥尔利欧·佩奇，一个我所崇敬的当代人。1908 年生于意大利都灵。著有《世界的未来——关于未来问题一百页》《人的质量》等著作。在“物质革命已经成了人的一种新宗教”的时代，于 1968 年毅然放弃功成名就的经商发财的生活，历尽艰辛，创建了世界知识分子的良知群体——罗马俱乐部，并发展至今。此俱乐部以能呕心沥血洞察科学技术和富裕繁荣背后的人类深重危机的远见著称于世。它的存在，昭示着人类一种永恒的忧患道义。

手和脚

繁荣、挤撞的世界原来也会是一种不毛啊。如同在沙丘不毛层面的深处，有过我们祖先壮阔的祭祀和如集如簇的歌舞、火烬一样。祖先呵，他们幻想过、祈愿过的四四季季去了又来，来了又去，大地、河流原本的复杂都已经不那么单纯了，不能再随意地躁动不安。他们也意料不到，这年头，也许是作为一种现状逃避和人的本源激烈肉搏、鏖斗的凉热，精神浮夸地把诸多的烦恼、苦闷、颓唐与愤恨的情绪和意象，如石头一样纷纷扔落在路上、身上，扔落在四面八方（比如一向有种有梦的艺术），使我们举目周围到处都是这样干涸的泪屑，感觉着无休无止的蒙难而拔足弥艰。尖利的、粗钝的、纤藤的、俗软的石们密密麻麻，成堆成叠，过分地拖重了时间和空间的暮气与灰茫。原来灵魂诅咒什么就带着什么的胎记，在缠住的手脚上再扎上针针阻断神经血脉的疮障。石们弥漫着像使命一样的华诞和才气却没有使命的坚贞与清醒，任呻吟吹尽日抵西天的霞光。没有人有权指责它们。但历史要行走，历史太累了。于是有人有权从丛石中找出一些路来，有权也许用同样的石头打磨一锛一钺，像有为的祖先一样，去寻辟离巢穴居的开始。这活儿该做了。真正的劳动是从冬天就持续拾掇和养墒的。这活儿在石们的热闹里辛苦无比。灵魂的生态和任何的生态一样，都是不可风沙弥天、日月无光、水土失调地“一边倒”的（那是灾难性的地震的用心）。呼啦啦乱石倾漫，好生了得。这生态连着人心。人心的肢血和目光喘息着冲决的激情。这冲决却何以被也想冲决的石们合力阻塞了呢？合力恹恹于一片没有手脚的现实。

我们到底要什么？到底能要什么？我们在做什么？当举起精神的石头扔向“麦地”“禅道”“孤灯残影”“家园”的当口，当然是有个性的，当然可以随我所欲。但也有随我可欲的人颤颤着举起心血之凝又停在秋空的那一刻，看清了周围已经够多的“强愁”与“呻吟”（有病无病的），看清了更纵一些更横一些，更高更深的恒光。人类寻找家园的路得经过现实。现实正被寻找者铺天盖地垒满石头！他（她）们终于举着愿望捏碎了手中的非己之物，冒着血抠去同存者传染的癣斑。他（她）们的心回到了起点和初衷。起点和初衷就是家园。家园已经荒芜了。家园在等着下力气干活的人们。这世上不能都是种菜的，急功近利于明日就到集市去边卖边点现钱，喜上嘴角；也不能只种粮食、瓜果和花草，还要有种树的，十年，百年，千年，为了空气的清鲜和生态的平衡。他（她）们还有力量捏碎被诱惑强大的磁力拽来拽去的弯根曲枝。人生和精神都是信物呵。你松开手，就意味着把它交出去了。人总得把自己交给任何什么的呼唤，但你得心甘情愿，得不悖良知和血性，得交到真正的地方，迈过无数石头与家园的使者接头。听一听暗号，打打手势，从内心流出由衷而坚定的感动。千辛万苦，我到家了。终于……你们胜利地互相拥抱在一起。那时，生命即使仍然倒流着忧伤，却是在奔腾、活跃，养育过祖先也养育了你和后人的河流上。河流的亮质永远是庄严的。岸边开着像月亮一样裸着的鲜花。在暴风斜雨里，它们像赤条条的鱼儿一样游久了，安心小憩片刻。小憩和长游都是精神。精神不管有什么装束，就像人不管穿上什么衣服，扑满什么时运的尘埃，永远旺盛的都是该牵该挂该诱该惑的多元的原质一样。哪怕这也是“石头”，但它确确实实地是你的真正的“这一个”。

多元怎么会不毛呢？怎么能“一边倒”去呢？

从精神到人生，这么多跳动的心活着呢。

走向的摇动

很多年前，在我很年轻的时候——那是一个寻找自己的人生奋斗目标，确定终生价值的岁月，我曾想过如果我不以写作为生，我将去干什么？设想很多，有的是社会的理想，有的是个人兴趣，然而不知什么复杂的原因，从那时至今，我最想做的另一职业，却是“裁缝”——如今叫什么“服装设计师”了。我不知道这种兴趣，是否来源于我对美对人体的敏感的激动，抑或是源于祖辈的遗传：两把剪刀吃滕县。当我千里迢迢，从生我养我的南国青山绿水里回到滕县原籍下乡插队时，听得最多的就是作为当地清代、民国时期的名裁缝的曾祖父、祖父的故事。乡人们、亲戚们的津津乐道中，满是历史的沧桑和赞誉骄傲。像传说一样，那些当地的名门望族，甚至包括身为皇帝幼时老师的王氏翰林，每到秋天，就用八抬大轿到村里抬着祖父曾祖父去做衣服的诸多往事，也已经不知有多少添枝加叶的民间口头文学成分了。但有一点是真实的，据我那时尚健在的“三奶奶”（即父亲的三婶子）说，正是有着“两把剪刀吃滕县”的名声，正是由于和名门望族的交往，我的祖父才有了远见，挣了钱不是置地种庄稼，而是尽力供我父亲读书，因此土改时我家才由于地少而“幸运”地划为“贫农”，我父亲也因此成为家族里有胆识远走他乡的第一个读书人，而若以如今服装学院、轻工学院服装设计系毕业的学生也算知识阶层而论，曾祖父和祖父的名裁缝生涯，便也是半个懂得一点儿美学的知识分子了。父亲和我两代的半文人身份也就顺理成章了。而我的从事“裁缝”职业的念头，是否就是这样生出来的？

那些年，这个念头曾日渐强烈，甚至到了冥思苦想、不时做些设计笔记的地步。想象里充满着浪漫和苦干，也充满着画面和措施——假若我是“裁缝”，我将读很多音乐、美术、文学、哲学、民俗民风等之类的书。我要培育自己丰饶的文化素养，让灵感和启发不知什么时候源源不断地冒出来。我将走遍天下，在那些各式各样的少数民族的服装、建筑、手工艺品和山山水水以及动物的身姿、毛色里聆听美的神谕；我会注意各色各样的花排列在一起怒放的美感，会注意风中大树的摇曳和爬满青藤鳞叶的山岗在月光下的熠熠闪亮；我会明白黑格尔所说的“在宇宙之内是看不见宇宙的边的”道理，绝不仅仅只研究服装的行情，就像我现在很少留意文学领域的得失一样。我将把所做的服装定价极高，因为它不仅仅是商品，不仅仅只有面料、手工的成本，还有我的价值以及别人穿上后所得的美感——美感是无价的。我会特别注重个性，一套衣服只做一件，绝不重复——这是对我爱美的忠贞和想象力、创造力及素质、学识的考验。我在设计时首先研究人，看看这个人的气质、性格、身材、职业、素养、神态等到底穿什么样式什么面料什么质色才艺术才和谐。我不会赶时髦，让时髦赶我好了。我会从灵魂从人体从音乐等里面悟到内在的质的韵味，不讲究衣料式样的华贵，因为华贵应是内在的。最普通最价廉的衣服只要和谐，只要能通过衣服的内在与外在融汇的美将人的不同的生命之美张扬、发挥、调动或弥补出来，那就是至高无上的境界；而不合自己的服装，再价高再华贵，倘若穿上反而扭曲、伤害、掩埋了个性，其不伦不类岂不是侮辱自己、戕斫美感吗？倒不如不穿不做不花钱得好。我的“名牌”，只会因人而异地去创造。因为人不是星星，远看那么大同小异。人是自然之子，自然千姿百态，各有千秋。春天的花娇艳柔亮，夏天的水清澈急湍，秋天的月亮深沉宁静，冬天的太阳温暖宽适；雪洁白高贵，雨情绵深远，霜寒冽真实，风奔扬狂放……我不会使这个世界的街街巷巷貌似五彩缤纷，内里却千篇一律。我要使我的服装像民族——各有千年文化的根基，各有地理环境的不同，各有语言，各有人种，各有饮食的区别，各有人际的交往方式——因而各有个性和特点，和平共处又争芳斗妍。

我会拍很多的广告以展示自己的创造，但我将把广告拍成真实的艺术而不媚俗。我要引导人们向往美而不把美降到不懂美的利润奴才的地步。我有责任坚守即使一件也卖不出去（这似乎不可能），也要继续创造而不屈于钱财的原则。我会等待。我相信人类美感的发展和进步并不遥远。我绝不放弃一个至死不渝的信念：宇宙时空里最美的是人体，而服装是和最美的人体联系最密切的艺术。要在艺术上使服装的美就是人体的美，就是光芒，就是色彩；是调动，是引导，是开发，是质的统一，而绝不能使人因为衣服忘记了人体，因为外在忘记了内在，因为包装忘记了生命，因为衣服的诞生而消失了冲动、激情、欲望、美感和向往、滋润、快乐、信念。服装应是一种人生、一种哲学、一种灵魂，而不是敌人、对手、财富。一句话，服装不能异化，不能忘“本”，不能像现在一样俗得满街招摇又麻木不仁、沾沾自喜，令人痛心疾首，可怜可笑可惜可叹。

在这个职业里，我将使祖辈的故事淡漠远去，也使自己被忘却，只留下服装的真正属于生命属于艺术属于美和人体的真谛。

中年的地址

中年。何以不再把张望当镜子来照了?

就这么着吧……

渐渐这样说。渐渐就信了。

日日人流，重复而过。

命数里牵念的那个回眸也望不见了。

岁月为证。

岁月沉默如金。

它曾说：任何年代都这样——不是失落，是填充。是有什么把芸芸“理由”像一日三餐一样塞向心间，几多不甘不甘……却又莫名地终于习惯了，终于没有了往昔生命橄榄的回味。其实年少的张望从未失落，只是淤压在哪儿如葬物一样怨眼欲穿。感觉不时流淌，感动却罕至如丝。人，不怎么样。寒心若此，那个游牧中亚细亚蛮荒的远古血缘，那个以本能视自由为金子的无忌童年，那个毫不掩饰地用情感和伤痛把梦想的火把举在路上的“黑崽子”雨夜，那个喷着坚韧和炽欲像伍德斯托克[①]一样撕践退化之胃的野性浪巅……点点滴滴，几时就被上苍收回不见了？白茫茫浮失了神秘的资源。举目蹙额，当年一曲夸张却真切、纯粹的珍贵节奏，一段寻觅奔忙又不知底细的年轻路程，一声内心的天籁在自卑和茫然中隐约响起的牵引，风风火火十几载，托举又沉坠，杳然得连凿凿的高谈阔论聚首难眠暗自握拳决心铮铮也不再偶然想起了！如今树挂残旗，雨打芭蕉，那么长的心动，那么久的音讯，就为了退化成一个关停并转、按部就班、思维臃肿、更年期一致、连语气也没有色彩的市井“大多数”之一瞥吗？

然后将漂泊也偷换成旅游？影子狼藉，不顾走过天空的太阳还有什么意味？

孱弱而行。如此孱弱而行的余生在等待什么？

谁在那儿逼视我？

谁？在哪儿？

夏季。

哪儿的夏季都是一样的。南方北方的界限消失殆尽。到处都有雨。草木一团团、一片片，密得视野窄窄，蓬勃着深绿而潮润

---

① 伍德斯托克——美国小镇。二十世纪六七十年代，无数青年自发聚集于此，举行几天几夜的“摇滚”狂欢，放纵不羁，惊世骇俗，激烈抗争当时的现实与“传统”。重新燃亮了人类文明历程的深层思考。歌手列侬，即为那年月的象征之一。

的气息。湿闷。流汗。天地间仿佛是蝉声蛙鸣的广袤乐池。无论什么时候、什么地方，虫子们都在扑朔迷离（它们原来有这么多家族呵）。它们凶狠，它们怡然，大热天里都回到了家园。细细看去，它们在自己的王国里那么真实、自在，大大小小，从不屑人间魏晋……竟连大漠也不例外。人仰躺成“大”字，吸着晨曦，热沙在赤身下返潮如席。这时早起的小虫儿就从沙柳那边向胴体“朝圣”了，形如寸梗，灰褐多节，干练利索，一步一步移过硕大的脚窝——它们不信仰什么。它们只在静透了的蓝天下穿沙生息。夏季就这样将童年和成年、太初和眼前、人和宇宙升落合一了。这时，记忆像一个怪怪的老祖母，端坐在那儿，秀的鼻、亮的眼、白发苍苍又风韵出落……凡是能想起来的，都向她聚拢过来，涌动过来，蔓长过来，又什么也不诉说，只是听、听……似乎一切只剩下一个名字了——巢。

心的巢。

电视的巢。

天子的巢。

多少年都这样！

像冬日里主户不详的猎狗，早就失传了信任的方向！

连同信任未来。

在这片陆地，未来也是循环的，好劣参半。

…………

“我问得很笨。是吗？”

…………

“你把一生的故事都带来了。”

……年

其实不必说什么的。有一刻，巢正熊熊燃烧。

于是眉月年年记得这对大漠孤侣。

很久。他们起身。然后抽烟。看残烬正徐徐随风散去。

从此无止无息，一次次烧弃。

于是，“祖母”真正返老还童了。

大河。

大河在出走的歌声中挟雾浩荡。时而宁静时而狂放。又是无人归来的清晨。

…………

去兮，去兮

为迷人的冲动

永远节外生枝

为母亲眼里的扉页

少女的梦想依旧马不停蹄

…………

有人中途下车

是谁去向不明

…………

歌声早已零碎。零碎的歌声正是歌声。上苍只信任是否唱得淋漓尽致，竭心耗力——肝肠寸断的张望，支离破碎的阴郁，俯身拢起、指缝间又难以载住的敏感，莫测又不甘的韶华流逝，亲切而矛盾的诱惑与重负……不必细腻、周全，不必注释、圆润。人生是一次陈述，一种粗糙，在白发垂暮的虫语嚅嚅省略之前，该是大段大段自我纪念的奇异乐句，用乡谣用爵士用傲骨用剖析用成年独具的魅力，沙哑地、来不及素描地完成一次本质的皈依，一回幸存的优美，然后任“家园”的丧衣碎地而去——那个骗人的鬼话，因为虚无缥缈，因为歧义，挽回不了人在现实的命运。于是失望，于是色盲，于是寻找家园却忘了家园本是不自由的同义语。而人与路是连体的，没有地址，没有分析，就像风，就像云，就像“家园”是那不可预测又有幸相触而落的骤雨……

家园在心。在心的家园，没有“时代感”吆喝的软骨症！

吆喝从来就不是歌声。

歌声随婴而临，随兴而起，没有掂量，没有交易。歌声是乐句品质中那一代代个性如芒的重叠笛音——大河上下，顿时滔滔，心舞银蛇，原驰天象，欲与众巢誓比高。待来日，看浊浪淘沙，方见娇娆。

歌声是不会过时的感动难忘，终年常青。

她震落世故、成就的异化堆积。

大河，亦热爱人生。

逝者如斯。我在等你。

余晖时淡时烈。只有你的篝火总是烧到天明。

然后离去，我们一起。

“说好了。”

…………

“走。”

本不该再说什么的。

我们。

在陆地某处。无名无姓。

未死的神话和一个青年

仿佛很久以前了，外面是喧闹的街市，屋里是现实的摆设，我们相视而坐。经年的太阳——那真实的、没有被人们赋予象征和意义的、本色的太阳，千古不变地从二楼的西窗照进来——时光似乎走得很缓慢，很田园。静静地，我在听戎辙讲述着他对悲剧的理解，他的关于中国远古神话的问询和沉思。后来，天就要暗了，他的眼神在冥想中流动着一种灵魂又矛盾的气息，神情冲动而颤抖，点烟的火光也仿佛窸窣地有着声响——在世上，这是两个男人难得的那么纯粹的瞬间。“他的手抖动得多么厉害呵”。我突然莫名地想起少年时极熟悉的那本《牛虻》里，关于“牛虻”——列瓦雷士的一句话。然而戎辙才二十多岁，他关注的不是意大利 20 世纪的独立运动和布列西盖城偷运的枪支，也没有那些坚强、痛苦的经历；他思考的是当代的人类、民族和精神等的源头——它在哪儿？它是怎样的？它往何处去？它能植根并超越眼前已经繁杂得面目全非的社会现实吗？他自己又能吗？

时代不同了。

也许正是由于时代不同了，浪漫的光色也就闪烁不定了。浪漫是人类最根本的精神之质。人类的一切生活，除了源于它之外，如果没有它氤氲在其中，那就一定是平庸甚至污浊、腐朽的。于是，在戎辙的《逐日》里，我看到远古神话的单纯色调变得纷纷杂杂了——有屈原的气质，有创造这些神话的祖先的血脉，也有尼采、圣-琼·佩斯①的气韵和当代人的责任、忧患以及对中国神话精神的新的审视目光；时空变幻无常，因为浪漫和想象连同人的心绪起伏本无规律；精神的追寻那么遥远又那么切近，高不可及又实实在在存活于人心；"源头"是早已被物质淤积了，却又在心灵里明晰可见；天下似乎太平苟且，却又肯定险象环生；未来茫然难忖，在现状的批判里似又远望将至——这就是艺术、青春、作家的朝气与功力了。谁说中国神话和传说只有卿卿我我，"哥妹"爱情，因果报应？谁说我们民族的精神之根和古希腊相比，犹如江南水乡和大漠高山草原旷野？谁说中国散文只剩小品琐事传统束缚，创新早已后继无人？那就请悟悟远古的神话（重新地、沉浸地），去寻寻被物质颠覆的人性之根，也不妨读一篇自然稚气尚存的《逐日》吧——它的气魄、才华、意志和理想色彩，以及探索意识、苦难意识、悲剧意识（当它们成为"意识"，就超越了个人经历的忧伤和多舛了），在我看来，是如今的久有

---

① 圣-琼·佩斯（1887—1975），法国现代作家。其多卷散文以宏伟壮丽，气势雄浑，诗质弥漫，娓娓追忆往梦，深刻探索文明社会奥秘而传世。并于1960年以"振翼凌空的气势和丰富多彩的想象，使当代在幻想中升华"而获诺贝尔文学奖。中文译本有《蓝色恋歌》，漓江出版社1991年版。

苔味的“散文海”里一荡不多见的清流。它属于诗质和个性，因而用平庸的心是不好感悟的；以传统的散文阅读习惯是难以被震惊的。它只能是它。幸好它还是它。它就在那儿，在以物欲为魁首的沧海横流着的时候，睁着夸父血丝密布的眼睛，发出沉忧的、狂奔的喘息。

它到底没有回答——人向何处去？它非得回答吗？一支这样的笔这样的生命能够回答吗？

时代也许是相同的。

许多的现象在重复：许多的精神在不死；许多的缭乱里，历史大同小异而生。

只是它的源头它的根的被污染被砍斫，确实是已经很久很久的事了。

在别处的沉默——致友人书

我这样想并不是为了遥远的将来，而是为了一个已被推迟的现在。

——帕瓦罗蒂

一个深久而亲切的意愿，早在辞离《山东文学》之前，就使我时时不安了——是那种心里清楚，但灵魂和性格有了霉斑，章鱼般的现实又雪上加霜的自责。文坛“话语”缭乱，源头可疑。书斋里我惶惑游移。临出走前，不需要“决心”，只听着“归去”的呼唤。像娘的声音，像赤脚山道的出身与血脉——我原来是这样的。含辛茹苦的命运是天性也是本分。文学似乎是次要的了。一程一程的远行普通而踏实。不是去看看，去体验，而是你生来就是无所不有的平民生活的“阿崽”。人生来是为了改变生活的，谁有权利因为曾经穷困和苦难过就以昧着良心的耍赖和猥琐报复生活——卑劣地置不幸于不顾？

一言难尽数万里。不是惯常的开会、参观、旅游、串亲访友，不是公费不是成群结队，是独自，是自费，是无权无钱无人相识无身份无名声无地位。文学在何方？实实在在的是拥挤的硬座车厢里十几小时的“站功”，是“黑店”里来历不明的女人死乞白赖的叫门声，是仅仅不抢满脸皱纹的女三轮车夫的强盗们“黑道”的面子与规矩，是码头上专搜在海南做“小姐”的打工妹的群霸呵斥声，是给人卸包时久违的腰酸背疼……还有深山老林的迷路，怕翻车的担惊受怕（几日前翻落山谷的残车惨架，在悬崖上望去也历历在目），大西南的穷乡僻壤，异城的繁华和朋友一宴几千元的奢侈，故土的街市、同学、暴发户与良知无处诉说的记者……万般滋味，艰辛紧张自在恐惧拮据迷茫思索疲惫厌烦豪迈无所顾忌放浪形骸，就像民国初年的感觉，混乱又勃然。不必考虑公有制的“单位”心态，不必上班下班，束缚久矣，亦不必计较、烦躁于不请自袭的关系、待遇。一一舍弃了，它们还有什么本事？这样的路上，偶然遥遥想起文学，在陌生的对话里兀地谈到文学，栖身多年的文坛豁然浮标似的虚浅而臃肿了。台灯黄亮，书桌依旧，烟气滞呛，书架与书们伫立在藤椅之后——场景是定格的，但直觉岔在深处异样地倾流，逼视着多年的表达不再芜杂也不再感觉良好了。上苍就这样，在冥冥中丰富着千头万绪的远行。

远行总有尽头。文学却没有终止。然而无论右派还是知青的弄潮儿，都早已退进书斋，退到“专业”了。它使哪怕是对自己所经历的历史的判断，在质的力度和深度上也似乎已经饱和，更遑论对如今时代的厚重把握！使命已经结束。虽然我们还在写，虽然无论是个人还是阶层，以多元来理解都无可厚非，但这毕竟是支流和“闲笔”了。文学的本质是现实的（人的全面含义上的真实），它不同于音乐、美术、戏曲可以“超脱”，可以逃避切肤的矛盾和苦难。因此，非现实主潮的支流和“闲笔”取代着深广的众生之相而很主潮流地泛滥于文坛，无疑是极不正常的。反照出这不正常的苍白和“软性”的不仅有生活还有如今在民间在漩流里匆匆奔忙、苦苦不屈的口头代言。就像右派知青们的命运曾经扑涌的求索淘刷着五六十年代的“遵命”一样。如今是遵享乐和金钱之命了。那种夫子论道，那种准文人的只言片语、小恩小怨，那种学院里共鸣寂寥的“系统”，那些报纸杂志的全方位的真实褪色的“叙述”，正在荒唐地被放大也可怜地缩小，小得像原野上晒久的枯枝。在实实在在生活着的人们那儿，在那些抢劫、发家、漂泊、天灾人祸、蓝领白领、创业、破产……一句话，在没有“空闲”也没有“理论”的挣扎和不幸、操劳与幸运那儿，在浮躁在“单位”混日的人们不能想象的另一番更复杂更丰富的竞争、算计、仗义、感动、苦恼、野蛮、无忌、思考和沉重里，在被“话语”渴望又鄙视为所谓利欲熏心、世风日下的钱与性里，无疑有着更史诗的鲜活的人性和生命。他们也许并不代表未来，甚至让人担心，在对知识文化、风度、教养的羡慕中他们有可能也将沦入文人们炮制的虚伪陷阱中，但他们是值得关注与沉思的现在与未来。多少年来，中国文学终于不仅有了多元化的提倡，最根本最重要的是有了多元化的土壤，这才是真实的、有根的。而就社会而言，文学是表达如此博大的真实重要，还是无根呻吟的表层、苍白的闲情逸致重要呢？

如果曾经活跃的作家，是由于经历的广泛的人民性而贡献了真切、扎实的作品的话，那么现在的“无经历”是不是对自身与文学的背叛？我们从“伏”于生活深处的过去，“起”到了惯性滑行的虚浮今日，有什么自我感觉良好的呢？除非再“伏”下去，否则就只是从前时代的尾声性节拍了。而我们之所以还能泛滥地滑行，是因为新旧交替，因为种种原因属于这个时代的真正作家和作品还没有涌流而出，逼使我们一钱不值。我们沾了时间差的光。这不是大狗小狗一起叫的借口所能自慰的。作家，怎么能浅薄得没有对自己起码的反省和清醒的痛苦呢？

在路上，我有时还想那个想不透的问题：为何西方的文学批评，虽然也不乏技术性、形式化、观念性的创新与导向，有的甚至很抽象很玄，但他们不会因此而延伸至对作品和作家的好坏判断。他们似乎依然更重视其对生活对时代对人的那种真实性、苦难性把握，就像对海明威、福克纳、马尔克斯的推崇一样（大江健三郎也是显例）。即使像索尔·贝娄这样的以学者写知识人心态的作家，也完完全全是知识人外衣下的人——人民共有的心态。难道西方的知识分子和“人民”有着天然的精神血缘关系？而中国正相反，即使是写底层写百姓的作品，也知识化、文人化了。前者则成了外衣。而理论界、学院派，又有几人真正关注别的阶层真实涌动着生命的文学萌芽与现象？老是在那些虽无可厚非但毕竟狭窄的圈子里兜来转去。所谓人文精神，也只属于文人，而不属于人民，这样的人文精神有什么生命力呢？昙花一现，讨论不下去是正常的。我的一位打工的中年老友（老三届）曾在酒吧里很忧患地说过：比你们更关心人文精神的是我们这些不写文章的人。人文精神不是现代文学史似的口号之争，不是历史钩沉，不是文人的事，是生活的事，是所有人的事，是人性的事。先检查检查你们关于人文精神的文章本身有没有人文精神，你的文学里有无文学吧。文学是什么？我没有写，但我的生活就是文学。你写了。但你不是。这话很刺耳也很绝对，甚至剥去了文学多元的特性，但谁又能说它没有值得琢磨的道理呢？

这也许是一个征兆。在文学不痛不痒的灯会似的表演之后，无愧于这个没名没姓的大时代的人民性文学火焰，将在十几年后的否定之否定里，如约而至，如火如荼。文学——在别处已经潜动很久了。

我已经好久没写什么了。我注视着另一种沉默。就像我理解在列车上遇到的一位在珠海谋职的大学生，立志要为自己打工流离的经历“树碑立传”的狂傲一样。历史是性格决定的。这样的“沉默期”不是无奈与“看透”，而是因为看得更深远又一时无法清晰方向与意义的寻找，是一种走向确切的徘徊；是不想急功近利、支离破碎地表达而不是不能表达；也不是“下海”不是放弃文学，而是在天性的苛求里，为着对文学所爱极深、离得更近，活得更文学而不愿以无所轻重的态势去玷污她、扭曲她。在他们的“没意思”里，是对“有意思”的痛苦的眺望；他们的“不值得”是对“值得”的悲剧性等待与投入……为着这样的沉默与怀疑，我毫不怀疑未来不沉默的声音将会洪亮而深邃。总是搞不明白根本性的价值就写呀写的喧闹，已经误了这块土地几千年了。几千年话语的悲剧，虽然并非一无是处，但是否在这史无前例的巨变年代，也需要另一种更进步的思维呢？文学将穿越沉默而归。

想不清楚，真苦。又感觉到了，更苦。但真正的苦永远是轻松的，因为其纯粹而有意义。

因为离生命最近

艺术为什么不会亡，因为它离生命最近。人类的生命会亡吗？除非人在宇宙中全部绝迹，否则艺术就不会消失。一个人会死去，但他（她）所创造的艺术——只要是真正的艺术，只要不因某种原因被销毁，即使湮没很多年，重见天日的时候，也依然能感动心灵，进入心灵，其缘由就在于它离生命最近。它是由生命直接生成，由生命直接创造的，它就是生命，因而怎么会不进入其他的生命，感动素不相识的许许多多的人呢？生命不死。生命和生命是相通的。

从广义上讲，你不能说那些宣传画不是绘画，不能说那些装腔作势的歌不是音乐，不能说某些文字不是文学，但你可以断定它们不是艺术！因为它们与生命无缘。就像街头挣钱的几下卖弄的招式和深山里功夫与心性高深的高僧极不相同一样。

艺术有着自己的境界与内涵。

世上有了生命以后就同时有了艺术。它古老得与生俱来。原始人那兴奋的呼喊、惊恐的尖叫、痛苦的呻吟（音乐），那对脚印的端详，那篝火边下意识的指头在地上随意的涂抹（绘画），那对性、对野兽、对植物和所遇奇事以动作、表情为主的转述（舞蹈），那用语言、用图形代“字”所进行的交流（文学）等，就是艺术的起源和雏态（我们还可以想象和推断更早更古的原始人的艺术活动）。这是有至今尚存的远古崖画、山歌、野蛮部族的舞姿和传说为证的。也是可以从婴儿在对任何理论、习俗皆毫不知觉时，却对色彩、声音、语言、手势有所领悟的状态中觉察出来的。如果我们从更广阔的意义来理解生命，我们还可以知晓，为什么清晨的鸟鸣，河流的潺潺，植物的冬枝夏叶，花开果落能使人感到美，得到艺术的升华和投入，因为它们也是生命的。而世俗的道德、军事、政治、经济等（我这里指的是社会化的精神活动现象），都是后来才有的，与生命的距离间接得似有似无。离了它们，生命照样存在。而离了艺术，人就成了活的木乃伊。

从生命出发，我们发现，艺术是没有“时间性”的，艺术不会过时，也无法超越——如鲁迅不可能代替李白、杜甫。艺术的创造有根有源——无论现实主义还是浪漫主义，现代派还是以后的任何流派，都来自生命，都是生命中固有的。生命丰富无比，艺术也就丰富无比。只不过在某个时代，由于种种原因，生命中一些因素突出了，感受深了，另一些方面被忽视了，于是突出和感受深的因素所生成的艺术就成了某个时代的主导潮流；而当时代在发展中使原来被忽视的方面变得突出、深重时，它所形成的艺术又以某某“派”（主义）的命名而成为重要的趋势了。因而发现生命比“发现”某种形式更重要。形式最初一定是生命自然而然的膨胀而找到的活动状态。比如意识流——它是“现在”才有的吗？难道不是人与生俱来就有这种不连贯的、跳跃的联想吗？难道在未删改过的《周易》里没有混沌的心理活动吗？我不相信。肯定只是从前较微弱、较朦胧或还来不及“理论”化，而后来在其他的问题已被解决，已经腻歪，于是由人固有的创造的本能发现、强化、自觉利用了它罢了。卡夫卡就是这样把在和自己同一气质的陀思妥耶夫斯基那儿还是“萌芽”“枝节”的心态集大成而为巨树的。就像魔幻现实主义和寓言小说与古老的神话与寓言绝对是进化的亲缘关系一样。但这与其说是艺术形式的衍续，不如说是生命本源的传递。正是生命因素不停地起伏、旋转、辐射，才形成了人类有史以来五花八门的艺术风云。生命有多少因素就有多少艺术；生命无法穷尽，艺术就不会穷尽。由于艺术离生命最近，艺术可以“回归”，可以在几千几万年之后，到最原始的崖画、山歌、手势、语言中亲切地找到启示，找到灵感。现代派的抽象画其实在远古祖先的山崖上就已被抽象了（现代派完全可以叫“现代原始派”）；中国南部的少数民族在与世隔绝的深山老林里流传了几千年的壮锦、苗锦的几何形图案足以叫毕加索瞠目结舌。

也正是由于艺术与生命的关系，那些古老的农具、山歌、草屋、深林，才给予了一代又一代艺术家以强烈的冲动和激情（离我们很近的《阳关三叠》、唐诗宋词就更不必说了）。即使你不是艺术家，甚至没有什么头脑，但只要你的生命还没有糟透的话，你不也会这样冲动、兴奋吗？就像在明月之夜的江边，在太阳和嫩叶都很鲜润的春天一样。如果艺术离生命哪怕稍微远一点儿，贝多芬的交响乐就无法令人心灵震颤和沉浸了，三百多年前的《哈姆雷特》就不会经久不衰了，勃拉姆斯的乐曲就不会再现风光秀丽的田园了，凡·高的《削土豆的人们》也就不会击中异邦人的灵魂了。

艺术没有国界。因为所有国度的人都是人，都有生命。

因而一部作品永恒与否，优劣与否，不在于一时一地的轰动、时髦、流行，而在于它是否是有生命的。否则再畅销也不是艺术，再流行也不可能流传。

就灵魂而言，人世没有什么“伟大”的作家，只有感动了你的、可信赖的作家。感动和信赖是真正的伟大。这样的作家永不说谎，永远真诚，他（她）的每一篇文字都值得一读，每一本书都值得保存。因为这是他的，也是你的生命。

这是质。而那些以量取胜，以多写挣稿费谋生的作品就不同了。

艺术就是生命。生命就是艺术。因而一片绿草如波、鲜花烂漫的田园本身就是艺术，一个真正的女人本身就是艺术。而当我们面对一个真诚、深邃、坚毅而有激情的男人时——无论他多么丑陋，多么衰老，甚至残疾——又还要上哪儿去寻找美呢？就像有的男人和女人的确长得好看，但漂亮是漂亮了，你却很难说他

（她）是真正的人一样。他们早已被世俗的杂七杂八毁掉了。一群生物的机器而已。

人们常说艺术的本质是“诗”。但它的形成不是由于谁用语言、色彩、旋律、动作等表现了诗意与诗化，而是因为人的生命里就有“诗”的成分和元素，否则任何人，用任何办法也是造不出“诗”来的。那种造出来的“表现”必定不是创造而是造作。你又不是没有见识过那些造作，你承认它们是艺术吗？披了华丽外衣的石膏模特是人吗？

一个人如果很懂军事或政治或经济，很有世俗的道德或很会“生活”，这无疑是很出色的。给予他们多高的评价都不过分，说他们是什么都行，却就是不能说他们是艺术家。因为他们无论多么正确，不扭曲生命，不违背生命，使之符合秩序、规范，就无法达到这样的“高度”，就不会名利双收。

然而艺术家不行。凡是世人看重的东西艺术家都不看重。对艺术家来说，违背生命和违背艺术是灭顶之灾的痛苦。于世俗是正确的、合理的东西，于艺术往往则成了错误的、荒谬的。什么叫艺术家？艺术既然是生命，那么艺术家的生活和生命及艺术就是一致的。因而贝多芬一生穷困潦倒仍旧桀骜不驯，无爱而终仍然不悔；高更唾弃富裕繁华的巴黎出走荒蛮的塔希提，信任性欲如火的朴实乡女胜过上流社会的贵妇；玛格丽特·杜拉斯最好的书是讲她和湄公河异邦情人的故事……人们尽可以骂艺术家是疯子、狂人、精神病患者，尽可以恨他们，诋毁他们，尽可以嘲笑和传播他们的可笑、放浪、愚蠢，却无法违心地说他们不是艺术家。世俗的任何压力对艺术家都没用，他们根本不把世俗的一切放在眼里，甚至不要求帮助也不需要理解。他们只听从内心的、生命的呼唤与驱使，其他的什么也不理，什么也不怕。他们我行我素，自得其乐。下雨的时候，你在抱怨，在忙于生计，在想收成或购物，他们却在思念，在体验，在想雨中的一段往事，一个所爱的人；或去爬山，或独自在雨中漫无目的地走去，或三五好友临窗听雨对酌，喝得放纵、难忘；大雪纷飞，人们围炉而坐，享受天伦，他们却独自出行，为天地白茫茫而惊喜、欣悦，归来情不自禁写一封信或打一份电报给远方的友人。夜深人静，你沉睡犹酣，他们失眠、焦躁，他们熬夜，榨出自己的血肉、智慧、神经、才华献给艺术的天国；他们的妻子或丈夫在外人看来多么得体，多么贤淑，多么稳重，多么天生一对地造一双，然而只有他们知道自己的苦楚、失望、无奈和叹息，为了还不至于干扰艺术的创造只好凑合、迁就。他们在客人面前时常失态，莫名其妙地发愣；他们若有所思，前言不搭后语；他们不懂礼节；他们与人相遇时不知打招呼；他们不是好妻子，不是好丈夫；他们吊儿郎当，无组织无纪律；他们看谁不顺眼不对劲连表面的和气也不给，而对他们尊敬的人、爱上的人赴汤蹈火也在所不惜；他们总是和人搞不好关系，百思不解自己如何得罪了别人；他们多愁善感，自伤自害；他们自以为是，不可救药；他们脾气极糟，时冷时热，难以捉摸，任性自私；他们强大又脆弱，敏感又计较，心宽又狭隘；他们搞经济赔钱，搞政治乱来，打仗鲁莽，在法律面前不能客观无情，他们当官三天准被撤职；他们不修边幅，不会理家，不讲卫生；吃得随便，住得糟糕，衣鞋不整……人们怎么想象怎么指责怎么不理他们都不过分。因为他们是艺术家（因为人们用以指责他们的标准是世俗的。而世俗与艺术是两码事）。艺术家真实，执着，他们承受着生活的穷困，社会的压力，付出了别人无法担负的代价，他们几乎一无所有，只有艺术。而那些享受着他们的创造也享受着他们的牺牲和痛苦的人，不仅不理解不帮助他们，还无知或卑鄙地诋毁着他们，有意无意地将他们逼入死地，这不公平吧。

而一个艺术家如果连世俗的种种压力都不能承受，还搞什么艺术，还叫什么艺术家？

如果一个人连生命的话都不听，连生命都不属于自己，还有什么是属于你的？

如果连属于自己的生命都不敢使用，你还敢使用什么？

如果生命解放了，又还有什么不能解放的呢？还会惧怕什么呢？“民不畏死，奈何以死惧之？”

真正的艺术家必定不羡慕任何人，必定义无反顾，痛痛快快，必定与众不同。只有与众不同才有真正的艺术和艺术家。

因而虽然人人都有生命，却不是人人都能当艺术家的。你想从事艺术吗？那就抱定与生命生死与共的信念，那就准备承受任何打击，任何磨难吧。你要有自知之明，别想得到人们的理解，别想发财、升官、过好日子。在艺术的入口处，你必须鄙弃世俗的一切，因为你将得到最根本的一切。人的精力有限，鱼和熊掌不可兼得也。人世间，还有比忠诚于生命更辉煌的吗？哪怕你不是艺术家。

但也许有的艺术家很憨厚，很拘谨，很寡言，很迂讷，很胆怯，这也毫不奇怪，因为他们已把自己的能量、生命献给了艺术，向着艺术释放了，爆发了，其他方面就留下了一副低能、无知的躯壳。人怎么能同时面面俱到，事事躬亲呢？当你责备艺术家在世俗生活中这也不是，那也不行时，你无疑是对的，因为这是事实。但你想过你是十全十美的吗？如果你不是，也就没有资格指责他们了。有的艺术家为了自己的创造少受世人的干扰，不得不表面上和大多数人混得不错，这对他们来说十分痛苦。因为其骨子里是狂傲的，看不起庸人的。他们天生就有资格狂傲。因为他们靠生命吃饭。不靠施舍，不靠拍马屁。艺术的创造具有个人性、独立性、自由性，不需要像大工业生产那样一道又一道工序，谁离了谁也不行。他们和生命在一起。生命是那么强大、神秘、深刻，他们从中悟到了真谛和希望，自信而痛快，他们不再需要什么了。他们不是卖豆腐的，需要和气生财，依靠顾客来成全自己；他们不想做官，那种夹起尾巴，谨小慎微、恭恭敬敬、巴结上司的活法他们受不了。他们什么都被世俗剥夺了，什么都放弃了，难道还不允许他们狂傲一点儿，活得艺术一些，生命一些，自我一些，放浪一些吗？他们自私，但谁不自私呢？他们的自私不坑人不害人，不踩着别人往上爬，他们招谁惹谁了？不就是礼貌少一些，世故少一些，不拘小节一些，不符合世俗的标准而叫谁看不惯吗？他们辛辛苦苦创造的艺术不也是社会共有的财富么，干吗不任他们自讨苦吃去呢？世俗是脆弱的但也是强大的，生命是强大的但也是脆弱的，因而艺术家极容易受到伤害，极无力抵抗（历史上有多少艺术家的悲剧呵），这种时候，世人的良知、公正哪儿去了呢？而艺术家几乎从未伤害人类，他们只会自伤自害——几乎个个不是有重病就是残疾不全。但即使如此，他们仍然怀抱着良知与人性，为民而忧，为世而感，为美而叹；他们获得的极少极可怜，真正是“吃的是草，挤出的是牛奶和血”，甚至连一点儿理解和温饱也不奢望。在世人看来，不占大便宜就是吃亏，在他们，不吃亏就是占大便宜了。世人还要他们怎样呢？

任他们去吧，这是起码的公正。如果你还能理解他们，爱着他们，那你就是很优秀、很难得的人了。一生刚烈、悲壮的贝多芬就是做着这样的人而创造出缠绵的《月光奏鸣曲》的。

艺术是生命的。生命最活跃，最无顾忌，最富激情最有胆识，也最不“现实”。因而它最具创造性、直觉性、单纯性、想象性。它往往走在时代的前面，时代的深处；它是先锋，是方向，是远见者也是破坏者，是手术师也是保护神，它大逆不道，呕心沥血，温柔暴烈，千夫所指，万人崇拜，几乎没有一个真正的艺术家是有好下场的。但他（她）值了。因为今天的艺术往往就是明天的历史。

艺术是生命的，因而是本源的、最早的。它只相信生命。而世俗的道德、法律、经济、军事、政治等都是后有的。后有的东西往往短暂、功利，为一时一地所用，缺少永恒的价值。非永恒与永恒是一组你死我活的矛盾。因此后有的东西不管多么正当，艺术从本质上是对抗它们的。世俗的道德认为做错了的事，艺术不承认。艺术只承认自然的道义，认为世俗的道德为了维护现实往往压抑生命。从法律上讲，《红与黑》中的于连是杀人犯，两面三刀，钻营图利，卑劣险恶，但艺术同情他，同情得使《红与黑》成为不朽的名著。战争有正义与非正义之分，雨果却从人性出发，深恶痛绝，昭示这无论怎样都是人类的苦难。经济现代化是历史的趋势，艺术家却早已走得更远，疾呼还我田园还我蓝天还我童年还我返璞归真……大凡在现实中已有公论而不允许的禁忌，艺术都挺身而出，公开翻案，公开张扬，诚实地说出另一番解释，另一番希望，另一番可能。艺术成为人们心中的隐秘、夙愿、渴望、向往、愤怒、欲望、骚动、美感的扬眉吐气的旗帜。这是人人的生命中都有的东西，却只有忠实于生命的艺术敢于和能够大白于天下。艺术委实偏激，委实不顾“廉耻”，委实缺少理性，委实扰乱人心，但你不能说它没有道理，没有启示，不发人深省，你不需要它。因而谁忽略了艺术，谁就忽略了生命，谁扼杀了艺术，就是扼杀未来，谁丧失了艺术，也就丧失了自己。历史上打击艺术的时代，给人类带来的灾难和教训还少吗？

艺术与生俱来。艺术是后有的其他社会世俗文化的祖宗。自古以来，都是祖宗压抑后代，后代反抗祖宗。唯有艺术相反——是“祖宗”反抗压抑它的“后代”。而且反抗得如此艰难，如此不屈不挠，如此常常被历史证明是对的。因为就人来说，后代反抗祖宗，也正是年轻的生命反抗非生命的教义的衰老者。这种生命的反抗，和艺术“祖宗”反对非生命的其他世俗社会文化的“后代”是一致的。

如果说，世俗社会的道德、经济、法律等也是会发展、变化、修改的话，那么其发展、变化、修改的来源正是生命完善的需要，其推动力往往就是艺术。生命使道德经济法律等一步步更符合人性，更有利于生命；艺术则开发，给予了人美感、思考、激情、梦想、素质，使之更有力量更公正地去面对社会的一切，承受并改变一切，使生活变得有意思有滋味，丰富多彩。君不见，当今世上，谁能离得了音乐、绘画、舞蹈、文学、戏曲、电影等呢？

一个真正的人，一个真正的法官、军人、政治家、商人等，不管从事什么职业，必定热爱艺术，懂得艺术。因为他们首先是人。人皆有生命，生命里有艺术。毛泽东偶然为之的一些诗词不是前无古人吗？丘吉尔的《回忆录》不是无愧于诺贝尔文学奖吗？难道中国古代的昌盛、欧洲的发达与艺术无关吗？那你怎么解释唐诗的浩繁、敦煌的不朽，威尼斯教堂的壁画和哥特式建筑的存在呢？又怎样解释马尔克斯曾自豪地说，几乎他所去过的每一个国家的机场商店都有他的书呢？难道这不说明那些国家的发达与人们热爱艺术有关吗？同样是家庭主妇，一个喜欢艺术的和一个不喜欢艺术的相比，在风韵、气度、心灵、举止、谈吐，甚至衣着、居室布置格调上，难道没有天壤之别吗？

每一个人的生命中都有艺术元素，因而人们才会追求美，才会在文学、电影、歌曲等里被感动被吸引。只不过有的人微弱，有的人开发得少，有的人被其他的世俗社会文化压住了，扭曲了，而艺术家也不过是“攻其一点，不及其余”，把生命中的艺术元素发挥得登峰造极，走向极端罢了。这也正是艺术家与众不同，难以理解的原因。

一个艺术不繁荣的民族是没有多大的指望的。一些非艺术的文学、绘画、音乐等的流行，也只能说明当时当地的大多数人的素养是多么低下，生命力是多么微弱了！

艺术是形象思维。既是思维，就不会不要理性。艺术家也是人，人怎么能不受社会世俗的政治经济道德等的影响呢？但艺术家必定是最能摆脱这种影响的人。艺术创造则要求任何理性只有重返生命，拿了检验的绿卡，才被认为是对的，也才能诞生形象。因而艺术总是说不清的，模糊的，更多地直接来自生命中无可言说的野性、直觉性、本能性、冲动性、情绪性。因而艺术从本质上是不可解的，读不懂的。因为生命不可解，读不懂。我们不能用法律、新闻、报告那样明白无误的社会世俗文化标准来要求艺术。它们有质的不同，完全不是一码事。但生命是能感觉的。艺术依赖于感觉，表现感觉，因此它只要求感觉懂，认为感觉懂是最高境界。这就叫“悟”。你解释解释肖邦的音乐、马蒂斯的“野兽派”绘画、曹雪芹的《红楼梦》试试？你费尽心机的解释又有几分正确？常常不是歪曲了艺术就是限制了艺术。但人又有思考、解释的天性，所以一代又一代人才不断地演奏、观看、阅读，搞出了那么多研究艺术的著作。这也正说明了艺术的生命性、不可解性和读不懂。什么时候艺术被弄“懂”了，解释清了，它的生命也就完结了。

面对艺术，你被打动了，被注入了什么，这就够了，这就是你还是人的证明了。你当然也有权解释，但请记住，这不是唯一的。即使你是对的，也不是唯一对的。你也许仅仅说出了它的万分之一。

艺术离生命最近，因而最本质、最直觉、最真诚，乃是真正无人管也管不了的上帝。它被很有条理的政治、道德、教育等世俗社会文化污染得最少。所以，你要找回生命，找回人的真谛，发现自我吗？那就到艺术中去领悟吧，服从你的生命中的元素并保护它们吧。这是你最后的自然，真正的圣地。这时你要投入，不能错过，不能敷衍了事。你什么时候都可以不认真，但这时必须认真至极。你必须回答，是站在生命和艺术一边，还是站在它们的对手一边？如果你回答不了，你将一生不得安宁。如果你答错了，你也就完了。这真遗憾。

人在年轻时生命最本色、最旺盛，最有激情和勇气，也最渴望认识和发展自己，因而年轻人大多很热爱艺术，是艺术忠实的朋友和孩子。一个人年轻时真正热爱和了解艺术，即使他老了，即使后来疏远了艺术，也不会老得庸俗不堪，其俗入骨；一个老年人如果仍旧热爱着艺术，追求着艺术，他（她）就永远年轻，充满着理解、宽容和活力。难道夕阳不正是这样吗？它绝美就是因为它是艺术的！

艺术要求绝对的个性。因为即使是相同的生命，也因丰富的生命因素的不同发现、发挥和变化而呈现各自不可替代的唯一性，更因气质、经历、知识、性格、意志、能力等的千差万别而生长出千姿百态。艺术的个性没有什么诀窍，唯一的秘密就是忠实自己的生命。忠实多少，就有多少个性和真实，有多少个性和真实就有多少流传和感动。艺术是唯一难以掺假和骗人的存在。一个真正懂得生命和艺术的人，面对那些文学，那些绘画，那些歌曲、舞蹈、电影、戏曲、建筑等，难道不是一看一听就心中有数了吗？艺术就是这样离生命太直接太近，才不像商品、说教等的冒牌货那样往往能迷惑许许多多的人。也正是因为这样，艺术的淘汰率高极了。

人人都有生命。生命比照妖镜深刻多了。它连历史和现实、未来，连经济、道德、法律、政治、军事等都对付得了，何况一个小小的你。所以，从事艺术的人要小心，要真诚，要自我，不要辛辛苦苦地糟蹋自己。因为你用什么诡计也糟蹋不了艺术。艺术永恒、强大、无情。它虽然不动声色，你在它面前也什么都藏不住。你永远是被动的，永远无可奈何。它压根儿就不用动手，你就彻底输了。因为生命早晚会从你的作品里看到做作，扭曲，可笑，虚伪，卑鄙，下贱和浅薄。你将被剥得精光，被嗤之以鼻。而你如果创造的是真正的艺术，艺术也就会保护你，忠于你；不管你一时一地受到多少误解，你也终将光彩夺目，传说千古。

当诗人仙逝，
沉默的大自然也为他的膜拜者哀悼，
欢庆他的葬礼。

——司各特（苏格兰诗人）

大自然其实并不沉默。因为人是自然之子。所以所有真正的艺术家都是热爱大自然的，热爱那些四季，那些河流、山川、植物、动物、昆虫、风声、雨声、太阳、白雪……大自然就是大生命。生命和生命是息息相通的。因而艺术家才常常深情切切地住在海边、森林，木屋、草房里，常常欣喜地去大自然中旅行、漫游，流连忘返，常常情不自禁地歌唱月光、田园、清新的空气和身心陶醉。他们这时就像孩子。不，就是孩子。在大自然的大生命里，艺术家的小生命不正是孩子吗？也正是因为能这样和永恒的大自然心心相印，艺术家才比一般的人看得深远，看得超越，看得博大精深，飘忽在世俗的社会文明之上。

他们真够幸运的。

我们在世上已经活得不是本原的那个我们了。我们问心有愧，不伦不类，庸庸碌碌。如果当我们在生命里，在艺术里还不能真诚、放开，愿怎样就怎样，我们还有什么退路？又上哪儿去辉煌一次、彻底一次、反抗一次、完成一次、开始一次，随心所欲一次呢？我们在社会身不由己，因而可以找到诸多的理由为自己的可怜辩解，但在属于你自己的生命和艺术里，在大自然和无人的时空里，如果依旧那么虚假、卑琐，又还有什么可说的呢？只能说明你已经病入膏肓，无药可救了。我们已经背负得太多，污染得太重，如果在生命和艺术里还不能松动、宣泄、还原，又该上哪儿去寻找心理的平衡和滋润呢？如果最无邪最可靠最珍贵最纯粹的生命和艺术的乐园都不能保护我们，谁还能保护我们呢？如果真是如此，这一生也就太悲哀了。

想要这乐园保护我们给我们幸福吗？那就忠诚和保护它吧。

想要真正的艺术吗？那就只要生命，别理睬世俗吧。

想是一个真正的人吗？那就无论多忙多累，别离开艺术。

阿们。艺术！福兮祸兮？

草木之冥

有一种文化似乎是草本的。冬天来了，凛冽的风呼啸着吹动它已经毫无知觉也毫无意义的衰容。它要等到来年春天才会发芽，但那已是得自于飘散而落的种子了，奏的仍是“前朝曲”，没法“听唱新翻杨柳枝”。但它也许是有残根的，春绿便从那儿冒出来，冒得勃然，热烈，仿佛不是草本似的。然而“鸡飞得再高也是鸡”，经历一些时日，它也就长到极限了。这似乎更可怕。君不见，那些根儿越积越多，一蓬蓬，一坨坨，怪瘤也似的在余晖里得意着，深刻而顽强，把土地导向贫瘠和荒凉，使别的树木难以生长，山河从此失去生态的平衡。只留下羊儿啃啮它们，鸟们偶尔尝尝它们的灰籽，彼此相依为命，再“现实”不过，也再知足常乐不过了。因而它们的奋争，它们的理想，便以不高于羊们鸟们的受用而欢呼了。

这状态是不是也很像人群、社会、艺术、精神、历史？它们原来就心甘情愿这样吗？

然而它们极有生命力，极适应低下的生理和心理环境。因为求生的愿望已失去刺激或受不了或不想有刺激了。“高处不胜寒”。再高的发展又怎么样呢？根不是依旧要在低陋的土里运行吗？然而年深月久，习性成自然，本来还可森林如涛的土地被弄得唯它肆虐，“山中无老虎，猴子称大王”。它在对羊们鸟们够意思的同时，对人的生存、发展却太不负责任了。这不啻是不经意或故意的罪过。

这草本的家族们，四季轮回，“野火烧不尽，春风吹又生”，触冬而灭，逢春即狂，永远地长不大又永远地一年和另一年同样，原地不动，进化如零，却又怎么竟然被誉为源远流长的呢？一个人今天是婴儿，一百年、上千年后依然如昨，这还能算历史吗？长不动的、固定的、重叠的历史没有历史。一就是一。如果时空相触是历史的因素的话，时间流逝，空间却静止，我们从草们的循环里又能看见什么慰藉呢？

这是冬天的错失。有人这样说。

最初大约是这样的。也许还是冰川期或别的什么天灾的罪过呢。

但也许该问一句，最初的就是法则吗？

那些雪压下的松柏，无叶而开的寒梅，北风卷地里起伏的枝柯又怎么解释呢？

倘若四季的轮回是正常的规律，那么草本太多甚至独有，就一定是不正常的。正常的该是木草参差，宏阔无边，甚至在特定的节气，木本的砥柱还应更多更绵续葱茏才对。因为世间指望着它对人类而不仅仅对羊们鸟们更有益。它有真正的历史，一年比一年高大，它有积累，它在进化，因而也能保证人类进化，保证土地肥沃，生态均衡，它良性循环着岁月。

它是靠什么良性循环着岁月的？素质？内在的力量？个性？冬云下的不屈？适时落叶的能伸能屈？有幸宜生的土地？抑或是草们的保护以及冬的短暂而非冰川期的漫长？“不在沉默中爆发，就在沉默中死亡。”“真的猛士敢于直面惨淡的人生，敢于正视淋漓的鲜血。”也许是它们在形成种的过程中与草们机遇不同吧，也许它们靠幸存的伙伴彼此支撑吧，也许是气候也在进化，渗入的新因素关键而有力吧（不是已有温室效应、臭氧层变异的说法了吗）……不一而足，实在说不清。

然而据说它们也在漫长的冰川期消失过，很多树都在那个时期消失了——它们也有自己历史的“中世纪”，但那时，草们却抗争着活了下来。因而，在只有草们旺盛的地方，是不是一定是冰川期最坚固的家园？

我是何时开始悟到人群、艺术、精神、文化等——或多或少，都有草本、木本之分的？眼下是不是庸俗的草们太多太泛滥了？而如果生态均衡是一切天经地义的规律的话，那么社会如果失去均衡、多元，有如八亿人都跳“忠字舞”的时代，其本质上的重复，岂不是昭示我们历史的可怕和可怕地没有历史了吗？

人是以能计算孰多孰少才为均衡而自豪的，人是以超乎寻常的个性、尊严为力量的。因而也只有人有能力使一切均衡。只是一切自然的现象好解决，人与文化的问题就极难了。在一片草本们的荒凉之壤里，如何使木本们生存，成长，茂密如林，曾苦煞多少“起来，不愿做奴隶的人们”。

其实，答案早就有了。鲁迅算一个。布鲁诺算一个。在“雪压冬云白絮飞，万花凋谢一时稀”里信步而诵“梅花欢喜漫天雪”的毛泽东更是驱走虎豹的“独有英雄”。余下的，便只有草们的思维不懂木们生存的规律了。也难怪，质相异而背驰嘛。

没有均衡的生态是不行的。除非我们渴望毁灭。不能再人为地降临冰川期，并以草们的患得患失而自诩优秀与快活了。这不是危言耸听，西望戈壁，连草们也不存在的漫天茫茫的沙漠，一阵紧似一阵地伤心悲泣已经太久太久了。

但愿这一切不过是蹩脚的比喻吧。

1991 年 9 月 25 日，鲁迅诞辰 110 年纪念日

立体：时代与人的真实

人原本是复杂的，但自觉地深知这复杂似乎是这个时代才有的事。这也是一种必然。必要有人的文明进步和时代呈现这复杂，我们才能够“自觉”与“深知”。社会是大千的，但这“大千”也是随着岁月才越来越被人们所认识的。否则，即使它本来就存在，人们也只会感觉着一片田园，大同小异。认识是主客观的结晶，文学——散文亦如此。那么真实是什么？文学即人学是什么？在这个时代，似乎就必然要体验到必然要写出这复杂才是人的本质，才是时代的见证。这无疑是说，旧的散文，无论多么好，都是属于过去的，都要审视和质疑，更遑论再去亦步亦趋地仿造了。因而，任何仿造的流行和名誉，都是不真实的，可笑的，都有愧于这个时代，有愧于人类的进步，并反过来证明了一个社会的蒙昧和懒于思考与创新——喝彩者越多越可悲。

在人类的童年，无论东方还是西方，绘画的语言都是“线条”的。“线条”来源于人的初级思维，那时，人们看事物是“平面”的，只有在平面里，线条才格外突出。然而事物的真实不尽如此。当思维发展之后，西方人发现，如果立体地观察事物，线条几乎不存在。当你从这个平面看到线条时，换一个角度，这个线条就消失了，新线条产生了。到处都有线条实际上就是无线条。于是色块代替了线条，透视、用光扩展了人们施展艺术才能的天地。然而，随着时代的演进，当照相术能够更好地再现画面时，绘画产生了危机。但什么都不是一切。照相不可能代替绘画，它们各司其职。但照相毕竟取代了传统绘画对实物、风景、人体的写实部分。怎么办？人性需要艺术，艺术需要生存，因而艺术必须发展和变化，于是主观的思维和表达愿望开始和照相抗争，另辟蹊径，爆发了以“现代派”名之的各种各样适合时代适合那时的人们内心需要的绘画技法，有些技法甚至重新发掘了人类童年绘画的线条（凡·高、毕加索的杰作中，就吸取了大量东方艺术——如日本浮世绘的线条笔触），但这已不是原有的线条了，是复杂、立体、多质的线条。平面是永远消失了。这和中国几千年大同小异的平面式、线条式绘画几乎一成不变的沿袭，有着质的区别。绘画的历史，给散文提供了难得的思考和参照。因为艺术是相通的。

现实主义过时了吗？远远没有，远远不够！当今的中国文学，甚至鸿篇巨制，又有几部写出了人们的骚动、抗争、纠葛、情绪、关系、迷乱等的丰富？没有！更何况散文。“真实”尚未达到，“同志仍须努力”。然而，也很显然，朱自清《背影》似的真情一种的散文不是不需要，不是仍应该写下去，而是远远不足了。《背影》太平面了，太线条了，而如今的父子之情已不那么古典不那么简单了。时代和人都复杂了，非立体就不够真实感人。平面和线条给人做作和虚假感——这是每一个人扪心自问，别视而不见，别想而不承认，只要细细体味都能自答的。当然，并不是说，非在一篇文章中立体多元不可，但至少不该每一篇都平面、线条。若把你所有的文章都加起来，仍是那么单一，恐陷不真实与平庸就显而易见了。这是有悖于艺术规律的。

然而要对得起时代和人的“大千”与复杂，仅仅现实主义也是无法诉说的。由于气质、性格、经历、悟性、学识的不同，呈现别样的风姿也是必然的。随着电影电视等的普及，散文的走俏是命定的。因为电影电视可以取代一般意义上故事性的小说戏剧，却无法取代自由和主观性强的散文。散文有自己的内蕴。然而散文和绘画一样，要想不被取代，不像《背影》那样可以被电影电视画面的一个情节所抹杀，变化和创新是必要的。这也是生命和时代的不以个人意志为转移的诉说要求。文学的本质是创造求新的。一些非平面非线条的生命诉说，现实主义的船往往载不动。一些情绪错综混杂得难以言尽，诸多感受在瞬间搅动在一起，时空和事物交叉往来，某地某景令人浮想联翩，民间大红大绿的色彩和文人水墨的素淡齐涌心头，感官和思想时起时伏，疑团和肯定鏖战难分，现象的隐衷一步两步三步多层次也探究不尽，思想从东西南北中上下前后不同的角度看似乎都是“理”，人生回旋如龙卷风如万花筒，下海、上岸、爱情、美、道德、生活等五味俱全，莫衷一是……如此立体如此纷纭如此仁者见仁智者见智的时代，岂是一个现实主义手法了得？没有新招没有“爆炸”没有探索没有“朦胧”没有“现代”行吗？因此它们的不被理解也是注定的。因为时代和人越来越难以理解了。这么些年过去，有多少人真正理解了凡·高与毕加索呢？又有多少人理解了贝多芬的交响乐和阿炳的《二泉映月》呢？然而他们各有千秋，平面、线条和立体、色块各有千秋。纵使不理解，也且让他们“千秋”下去吧！

这正是时代与人的要求。文明发展至今，人类已在理性与宽容的道路上走得很稳健了，再用中国文人画那样单线条的思维和专断的“不许”来评价作品，肯定是落伍了。这和创作是一码事：艺术和思维、社会与人、主观和客观，都应该也正在百花齐放。她们呼唤着立体，即多元的外在和内在的真实，滚滚而来，生生不息。

孤独是一种高贵

诸多文章常常误把孤单倾吐成孤独，然而它不是。似乎只有久久地体验过孤单与孤独不同的人，才能深悟二者的真谛。孤单是个人独处的一种“生态”形式，就人而言，它是物质的——即身体的，它的最高的精神活动，大抵止于思念。游子在外，远离故土，离别家人，其状态便是典型的孤单，有如离群的孤雁。想想当年告别都市，独在异乡的插队生涯，几乎每一个知青，都会有孤单的彻骨之感。原有的市井生活被隔断了，原来熟悉的一切消失了，身份改变了，环境陌生，语言陌生，生活习俗陌生，人也陌生，连自己也成了乡间的陌生的“异类”。理想在哪儿，抱负在哪儿，情调在哪儿，书籍在哪儿？于是孤单所固有的茫然感、无着落感、飘浮感、凄凉感、寂寞感，唐诗宋词里的落魄感、恐惧感、渺小感、虚无感便一一涌来，有如在黑夜中，举目无光。这是人远离同类、远离人群、无所依托的被抛弃被疏离被伤害的寒冷，从人性之根那儿升起的寒冷。而当我们说尼采孤独、鲁迅孤独、梭罗孤独时，就已经不是孤单了。它们不同质。

孤单有时是和孤独连在一起的。孤独在物质——身体上，也许呈现出孤单一人的生存形态，就像梭罗在瓦尔登湖独自搭起木屋，靠砍柴、钓鱼自食其力一样。但更多的时候，孤独却是在熟悉的人群里，习惯了的故土上，家人环绕的天伦中。孤独是一种精神的存在之态，它远离了现实，超越了现实，是精神永远向上，不停地已经走得很远了的必然。它已经难以得到世俗的理解和认同了。起初也许"高处不胜寒"，但绝无恐惧，绝无寂寞，也绝无虚无、渺小等低层次的人性之气。人的思绪和本质将渐渐征服"高处"的"独自"而豪迈和坦然。这时灵魂特别丰富，往事和历史特别亲切，尊严和信念特别坚定，情感和美特别纯粹；这时人心特别容易和人类永恒的真理及创造了这一切的大师和他们的书籍沟通，特别能够蔑视和可怜现实的卑琐无聊——和人类、时空、精神、生命相比，现实委实太渺小太短暂了。这时人心充满着过另一种生活的冲动和自信，像白云在远处、深处漫游和攀缘；这时生活中的那个为生计为琐事而奔忙而恼怒的自己不存在了，人间烟火被忘记了，思路清晰，领悟力大增，灵感奇异，情欲难忘，判断深刻，周围环境杳然而去，你完全是你自己了，世界仿佛只余你自己……然而你又不是你自己，是所有血肉的化身，是一缕精神的量子。不管以后的日子将怎样，不管你还会做些什么，不管生活如何依旧，你已不是从前的那个你了。这是很丰富也很有力量的瞬间。似乎没有什么是你不可征服的，也似乎没有什么能再征服你。你倏然长大了，长壮了。你是自己又是"人"。你和人类在一起，和精神在一起，和纯粹和彻底在一起；你得到的体验、滋润、养育、信念、人格、强力、美好、深刻都是现实不能给予的，也是生活无法相抵的。你也许痛苦，但苦得美，苦得有价值有滋味有充实，是以后坚定的日子再生的前奏。你不再是那只装满了各个码头各条街道各种世俗灰尘的旅行包，你抖落了它们，还原了人的真谛——这时的孤独，一种高贵的质在熠熠闪亮。

不可弄混了含义，不要贴错了标签，不能玷污了孤独——它可不是人人都会有的。那些把“孤独”诉说得那么无力那么苍白那么愁思如海的人不妨认真读读尼采、鲁迅、梭罗和罗丹、贝多芬、茨威格、克尔凯郭尔、帕斯捷尔纳克等一切真正孤独的人的著作，他们并不孤单，永远和横亘在历史、现实、未来的血脉息息相连，源远流长。

孤单离孤独远着呢！也许一生也到不了。

孤单令人同情，使人理解，但很可怕，难以忍受；孤独给人底蕴，激人向往，充满希望和无限风光。这个世界，缺少的不是孤单，是孤独。它是优秀的标志和家园，犹如被污染的都市稀有的一角晴朗。

乡村精神

创造上古雄奇而高扬神话的伟力来自何方？如果是人性，几千年后，历历盘伏、麇集于街檐的文字，何以如此滥觞，是人性被天狗叼失了？

人生之澜与冥悟之卷如天地之两极。多少年来，无意中发现的一些履历也许不是巧合：鲁迅是从波如块镜的绍兴水乡挟伞出走的；沈从文的湘西青石板故街，群山如黛，沱水长流；海明威曾随着乡间医生的父亲一次次穿过漆黑林夜；托尔斯泰源于雅斯纳雅·波良纳的庄园又归于那儿的田塍；大江健三郎蓦然回首童年、少年，仍然惊异于森林流泉的“个人体验”；帕斯捷尔纳克的别列捷尔金诺村，木质的简陋教堂和傍晚草坡的余晖，宛若列维坦宁静的风景画；玛格丽特·杜拉斯中学时代的湄公河两岸，繁星与水田、堤岸都沉浸在神秘、躁动的湿热里；艾青的“大堰河”、聂鲁达的海啸和惠特曼之草叶的疾风无不拍涌着血性的发鬟……而在没有城市化、工业化的很久很久以前，更多的良知、责任、艺术则被簇拥于古希腊浩渺汹涌的大海，荻花如雾的“在河之洲”，“两岸猿声啼不住”的千山万水，法兰克福密林的清新昼夜，红楼梦断的荒郊霜原……耶稣的马棚和牧羊杖是造物的暗示吗？释迦牟尼和菩提树在一起也许并非传说的偶然吧。他们的人生和杰作无不和谐着燕绕雁啼、草原丘壑的乡村背景。自然之子们生于斯长于斯，不知不觉地，生命——灵魂，与生俱来又绵绵不绝地融化、包蕴着自然的声息。这样的生存给予了他们什么？是什么神秘而根本的精神血缘，在喜怒哀乐、悲欢离合、想象、创造、牺牲、个性的深处，汩汩托举着人类与历史动人心魄的记忆？听听那些滚动着喉尘汗埃的游牧路歌吧——它们和天地血气在一起，而非与表演、酬金唇齿相连。先人们也许什么都没有意识到，但意识不到恰恰是“只缘身在此山中”的自然而然、天经地义而无须探问（如今似乎需要了）。然而，卡夫卡似乎没有这样刻骨铭心的清晰背景，米兰·昆德拉也遥遥无多；普鲁斯特和詹姆斯·乔伊斯则若即若离。但这能证实什么呢？能证实作为自然之子的他们没有乡村岁月就必然没有天性中自然——乡村的遗传基因？能证实卡夫卡在阿尔卑斯山麓疗养院惊叹村道上牛蒡花蓬勃自在的野趣而沉思人的禁锢，不是胜过小公务员在灰色岁月里的一叹千金？能证实昆德拉在多瑙河的爵士乐里聆听着抽象的太古狂欢，没有身心无忌的解放和颠覆教条的苦思？博学的普鲁斯特和詹姆斯·乔伊斯难道不曾从前人那些鲜润着乡村精神的书中感受到心与物的涓涓呼应？《尤里西斯》对城市的“客观”铺列，不啻隐含着对往昔经典里“乡愿”的“无可奈何花落去，似曾相识燕归来”的两难哀痛；而其书名不正是对《奥德修记》精髓的向往和深悟吗？而又是什么逼迫身疾心漫的普鲁斯特在冥念中孜孜追忆宇宙和人间的“似水流年”呢？如果精神是相对游离的，那么它就在敬意里、原质里，不一定非依赖天长地久的人生野境不可。就像夜空下追逐身边的萤火虫是一种美，在霓虹灯的光影里思念消失的萤火虫更是一种美一样。乡村精神的幽灵也许是我们至今尚难究清，但事实已经存在也已经感悟得到的人类行进与归宿的魅力与资源。她在内心深处，也在悠悠绵长的进化神祇里，苏醒地、执着地呼唤着现代的子民。

“自然不过是智慧的影子或模仿，是灵魂的终极目的；作为一个行动的存在物，自然没有行，只有知。”（普罗提诺）

潜移默化的乡村精神是“无”更是“有”，源远流长，不死不灭。

那么她究竟是什么？是纯真、敏感、激情、渴望、欣悦、净化或梦想？是“蛮俗”抑或是“美”？是雪山之溪或太阳之梭？她就是自然吗？不尽然。自然是芜杂而无人证的。而乡村是自然最早的形态空间，是欲望与对象互动的升腾炊烟。若如此，乡村精神就是吮吸自然又反哺自然的本质汁液，是人性之手将自然的柴火徐徐续进思想炉膛的过程与感觉。“若言琴上有琴声，放在匣中何不鸣？若言声在指头上，何不于君指上听？”（苏轼）她似有似无，“活”乃她的孕育，“动”是她的收成。人类的历史有了她，嬗递的忧苦才有了撩开阴霾的希望与步履，都市繁重的纷攘才时闪时烁着寻找的愤怒与活力。从此“家园”不再是一个失望的呓语，复苏和向往有着广阔无垠的可能性；在漫长的苦难与苟且中，瞬间的快感和明亮于是洇染终将变迁的葱郁底色。而这时，现代化、工业化将既舍落复旧的车辙又折过迷妄的歧路，颠颠簸簸，停停行行，“天人合一”地朝向无尽无止的一个个福祉的高地……她果真如此神奇吗？光阴绵绵冉冉中，她不就是一个越来越远的驿站，一桩坐标，一支山谣吗？是的，然而人永远只是自然的一个“元”。因此她又必定是一柱难以穷尽因而也最能够从混沌中重新发现多棱形态的晶莹锥体，一团既现实又未人为污染深重的审视之“象”，一枚心迹沧桑又不曾淤积层层、光怪陆离的朴素莲籽。文明的和谐之日就是深切洞察之光抵达之时。她蔓生在那儿，萦绕在那儿——没有比真实更发人深省的了——《山海经》不曾过时，《浮士德》不会沉寂，梭罗还在地球村流连，鲁迅依然是大陆如今沉疴最锋利的手术者，爱默生不仅是惠特曼、卡莱尔、柯勒律治、华兹华斯虔敬的方向，也是迄今诸多重要思想的奠基人；而世间愈益火爆的旅游和体育，不正是她燃烧的火焰和象征吗——人心在渴望着她……因为她“在”，总有一天，当熙熙攘攘、电光声色的急切追逐抽打着无心的四肢，人流烦透了、踩乱了场景之后（抑或在此之前），悄然校正并日渐清纯、长吁而悟的人生欣慰也许就出自这无尽的、天赋的、“不以人的主观意志为转移”的从前与未来之魂。因此她不仅是背景也是人心，不是乡村之物而是乡村之灵，不是怀旧保守而是向往调谐，不是话语而是存在，不是灵与肉、人与物的失衡而是如日月如四季一样匀称的、规律的命运之姬。背离她、遮蔽她的日子是人类极端物求的悬崖，而没有她的冥冥牵引，即使最乡土的故事讲述也只是落后的戏台布景；而在都市化、工业化就事论事的生活和字里行间，也就痛心地少了命定的深邃久远和苦苦追寻的坚忍。人生因而冷木了（得过且过），无根了（“意义”何在？），污秽了（可是连环境保护亦是她启迪的主题），无价值了（自相残杀合“理”合“法”），无信任了（一切都可以出卖了），变质了（倾巢之下，何有完卵），自作自受了（谁也无权抱怨）……于是也就“末日”了，也就随腐逐臭了；再也无法理解巴黎的高更何以“傻”走荒蛮的塔希提，无法理喻林肯、孙中山、帕斯卡尔的道德感、责任感，无法发现为何从“小地方”来的学子更有志气，更不妥协，无法信任繁华富足的都市生活里朝气蓬勃的清纯和感动；并从此忘记了索尔·贝娄的“更多的人死于心碎”的焦虑，因为心早已换成了物制的起搏器。乡村精神的继承者——茨威格，也许过于执着了：“进化的潮流为了本身神秘的目的知道怎样约束它的创造物。永恒的进步从每一种制度那里所接受的仅仅是合乎需要的部分，而将限制自己的都抛弃掉，就像我们扔掉水果皮一样……那些把生命的格调禁锢在机械反应范围内的愿望，只在短期内能达到目的。因为，接着生命就会导向一个比较有力的出口。”

他顶启了出口。我相信。命定与自然相濡以沫的乡村精神使我相信。几十年来，茨威格——这个游历过襞积之秘、牢穴之底、深水之滨、高原之上、街市之夜并孑然查访人类心灵游牧激情的“灵魂的猎者”（罗曼·罗兰）是我烛香的同仁。他的书别无选择地精确昭示着他和他以前的时代（且超越了制度），并一直延续到我生活过的每一个年头。真理永远新发于硎。有几个作家能在希特勒如日中天的二十世纪三十年代就以《一个政治家的肖像》和加尔文宗教狂热的教训来以笔为戈地斗争呢（顺便说一句，当八十年代初，我能够在“解禁”的改革开放中读到他的书时，写在扉页上的第一句读书笔记就是：如果我能在六十年代读到这些书，就绝不会盲目投身于“文化大革命”……）？而比他的书更珍贵的是他剥离世俗“胜利”遮蔽实质的清醒和勇气。“异端”的忧患和卓见，是他这昭示中普通又不朽的亲切细节。而这在今天远察人类科学技术和物质荣华背后的深重危机时，同样是至关重要的。那么它又凭何源与上古的神话一脉相生，犹如“玫瑰说出了天地间全部的语言”（R.W. 爱默生），而牵人瞩目至抵达的呢？

应该想下去。人是靠思想站立的。每一个生存者皆有道义回答。

人类亦将源源不衰地担当与探寻。任重而道远。

第二辑

基调与目光

人的苦难泛而言之（大至社会动荡、时代压抑、自然灾难，小至个人的不满、挫折、苦闷、疾病、失恋、穷困等），是与生俱来，永恒相伴的。虽表现种种、千差万别，其本质都在生命里引起了痛苦，于人生是不可避免的。而文学（艺术）既是人学，不言而喻，表现它们，也就是天经地义的事了。不同国度，不同时代，不同的人写出的作品之所以能互相引起心灵的沟通，很重要的一个原因就在这里。

然而仅仅揭示这样的现象是浅薄可笑的。它无法解释苦难大抵相同的人写作或阅读同样的苦难的作品，为什么极其不同，甚至有天壤之别。即使是同一个作家，其不同时期的作品也相去甚远。为什么？除了天赋、才华、气质、性格等因素外，生命的基调和目光无疑也是带根本性的话题。

必须找到并拥有一种生命的基调，以先天的生命个性而言，某种基调可能是必然的；以后天的命运而言，它的来临又是偶然的，谁也不知道生活中将发生什么复杂的事情，谁也无法预测自己生在一个什么时代，这个时代将给予你什么。但人是有思想有自我力量的独特生物存在，应该能将一切融化为自己的生命力量，这就是无论社会和个人多么不幸，对艺术家（作家）来说，却造就了其精神其作品的深邃动人的原因。不幸成全了艺术。这是心灵的写作、深层的写作，上帝给予艺术和艺术家种种不幸是公正的。这是他（它）们命中注定的轨迹，不必解释，也无法更改。

生命的基调不是写什么，也不是怎么写，而是用什么写（阅读亦如此）。它不是内容，不是感受，而是一种底蕴，一种“气”，一腔冶炼语言、结构、情节等的炉火。它先天而来，经过苦难而聚，熊熊燃烧。即使大师们死去多年，每一个有着生命基调的人翻开他（她）们的作品，都能感受到扑打不去的那种独特的质地与元气。它是必然和偶然的结晶。宋王朝的流放促使了苏东坡从狂傲转为深沉；同一家庭同一时代，同样留学同等学识的周作人和鲁迅的生命基调一浅一深；即使由苦难愈深愈转向歌唱美好，转向渴望幸福，雷诺阿的浴女和罗丹的裸女其分量、力度更是无法相较……生命的基调不是现实的、世俗的个人恩怨，是永恒的、博大的抽象感受。因为生命，作为人类的精神的本质不属于蝇营狗苟、卑卑琐琐、束束缚缚的庸俗生活。无论批判还是讴歌，无论内容、手法如何，它都将从看似个人的、现实的语言题材里激涌而来，而深度、感动、思考、魅力、热爱等读与写的交流便在一个生命纯净的瞬间诞生了。从这个意义上说，一个艺术家（作家）也许不必自讨苦吃，但绝不能逃避苦难，因为一次“偶然”的不幸也许就像催化剂，使你一下子找到并拥有了一种生命的基调。经历是重要的，人生极需要刺激与碰撞，它的独到它的叛逆它的冲动它的自我也许将逼你挣脱灵魂的一切枷锁，从此牢牢地奠定什么。就像专制、牢狱可能捏出懦夫、庸人、无赖，却也一定能锤打出不屈不挠、坚定执着的硬汉子和真正的人一样。“苦难有一种道德的力量”。这道德是人的、生命的、自由的、正义的，而非扼杀人生的“习俗”与“关系”。

生命基调的寻找和拥有必得依靠血肉的经历，也依靠对这些经历领悟和审视的目光，它源于一个丰富而升华的胸怀。这胸怀充满着学识和书籍以及人类的卓越者的故事所给予的精神营养。没有它们，生命就会迷乱，就会萎缩，就形不成“基调”，就永远是浅层次的一星半点的“感受”，就会是单调而平面的，就会人云亦云，自我扼杀，窒息在高不过屋檐、家庭、街道、单位、风气、人际等俗世的污染之尘里，生命的基调被“生活”这堵厚墙隔在命运之外了。它像没有什么可喂的婴儿，再也长不成一个立体、多质、独立、丰厚、有为、强健的青年了。

这也就是我们阅读帕斯捷尔纳克的《日瓦戈医生》《人与事》时，十分感慨和感动的缘由。想一想吧，在专制的苏联那个时代，在十月革命前后混乱的污血中，作者个人的不幸该有多少（连他去领诺贝尔文学奖也不被允许，还要在高压下违心地批判此奖，发表声明不接受）！可是你从他的作品中能看到一丁点儿个人的消沉、仇恨吗？没有任何大师的作品是只言及一己之利之怨而传世的。帕斯捷尔纳克的书中仿佛只有人类、艺术、社会与美。不。不是只有，而是文学不是匿名信，只攻击某个人，只为了达到个人私利。文学是生命的宇宙，在那里，个人的一切不幸和恩怨，都被卷进去了，消化了然后再吐出来，于是，升华了，抽象了，某人的丑恶汇入了恶势力的社会现象，某人的美溶解成了人类向往的心潮，作品不再是针对一己一事的，而是属于生命共有的对抗之涛。艺术家必得有这样的胸怀和本质，必得能够咀嚼、超越纠葛如沼的身边琐屑，才不至于沦为姑嫂斗架似的低层次“口头通俗文学”。人的一生，谁都有现实的种种弥漫的复杂滋味，但在艺术家那里，它们滋养、培育、冶炼成了境界。这个过程极其痛苦和艰难，因而不是谁会写字就能自称为艺术家的。平庸狭窄的日子里只有操作，没有创作。

用什么写太重要了。用什么读太重要了。血管里出来的就是血，水管里出来的自然也是水。心灵如果没有生命基调的肥沃土壤，就写（长）不出参天的大树，阅读的种子也就不会发芽了。而苏东坡不被流放将怎样？流放了又仅仅怨恨官场的某个对手又怎样？那样，他就完了。

而几乎所有的教科书，大抵只讲写（读）什么，怎么写（读），却不懂用什么写（读），这无疑是极其误人子弟的。

我把青春——锡箔般献出

现在他开始了，/站在蓝得透明的天穹下面，/他开始以原野给他的清新的呼吸/吹送到号角里去，/——也夹带着纤细的血丝吗？/使号角由于感激/以清新的声响还给原野……（艾青）

要开作一枝白色花——/因为我要这样宣告：我们无罪，然后我们凋谢（阿垅）

当年，这是长夜久久的墓影中，一簇复活般的心灵烛光——那时，我已知道，这样真正的诗并不多，但她有，她存在，她不屈，她生长；她那样地感动着我，也清新着、强健着我。在年少、灰蒙的年代，她的朝暾，在惊奇和热泪中，一瞬一瞬，多么偶然多么明亮地从现实的背负中激醒了斫淌的希冀：心灵原来是有翅膀的，长大原来是远方的飞翔。岁月的声音自此一天天丰富了，她飞出禁锢的囚茧，在油灯前一行行领唱……语言是掷地有声的，丰富是纯质们迸响的。有她的时候，喧嚣常常被忘却了。原来喧嚣是无力的铺天卷地——虽然我依旧不得不在其中穿行，但她在度日里诞生了真正的年轻时光。

后来，当她能够自由歌唱的时候，带着玷污的洗礼，我们曾有过奔走相告、心舞干戚、彻夜追寻的年代——诗的年代，激情的年代，自以为是又确实苏醒生机的年代……它们如今滋长着昂贵的怀念。

怀念是因为“消逝”。喧闹又甚嚣尘上了。“冒充”成群结队，日复一日。那么她呢？她在哪儿？还会有吗？非得再去遥远的别处领取倾听吗？我知道她不是化石。但我得等待，我得追寻。然而我失望，我疲惫，我宁肯掉转身去，分辨她在深处不知何时走近的气息——我相信一脉深根的顽强。

相信她的艰难，相信铁锚不会轻易扎下。

也相信不是我，是人性离不开她的新生——在任何时候、任何国度。

天若有情天亦泣——面对世海里那出土般的铜色臂膀。

秋天！你为何身怀抱歉的麦子／为何胸佩荒山大河上那岁岁祭献的茱萸／当你良久远眺黑柏所环绕的坟冢／粗糙的脸颊缓缓淌下琥珀色松脂的泪滴

悲欢抑或荣辱？！／还有什么值得顾忌／引领我吧！同胞弯曲的脊椎制成的耕犁／无论我是最后一个浪漫主义诗人／

还是重归紫薇家园第一位赤脚的先驱

我都将歌唱！矢志不渝地歌唱 / 并在停歇时述说……朝行将就木的世纪 / 朝那从兽骨缝隙和扇形的车辐间 / 收拢回夕光的世纪，深深地、深深一鞠（黑大春——以下引文均出自同一作者）

她又淬响了。终于。终于又是大浪淘沙一般时隐时现。最初零零散散读到她时，我还以为这“最后一个浪漫主义诗人”是我的同龄人（失望与拒绝使我宁愿孤陋寡闻），是北岛舒婷们风行时，独在民间为“异客”的“隐侠”，因为听说有过一本黑大春和食指（七十年代初的“地下”诗人代表）的诗歌合集。于是我开始寻找，开始独自如饥似渴地托腮祈雨——历史怎么又像当年一样，我怎么又如一个夜行人，茫茫如漆，荆榛莽藤，为着一闪萤火、一星宿灯，边行边盼、四顾留意？……直到如鸿雁南下，终于到手一本《蔚蓝色天空的黄金——当代中国60年代出生代表性作家展示·诗歌卷》（连同京城友人苇岸的一颗赤忱的心），我才知道黑大春是走出更年轻也更实惠的同潮人乡居独吟的“圆明园酒鬼”（“妈妈，我要喝红 / 白兔的眼睛”）；知道他写过“大诗人食指：过早的先驱，过迟的春天 / 你犹如时代的抹布 / 擦去尘土，又被弃于尘土”；知道他真诚、负责地“满怀一种崇敬、友爱但又混杂着矛盾和冲突的心理”，视与“朦胧诗”的亲缘关系为“不可估量”“千载难逢”的启蒙和影响（多少哗众取宠都是假否定“朦胧诗”之名而行呵）；知道潜流民间的那句“把诗歌从印刷品的棺材里解放出来”的咯血之啼，原来源自一腔曾忧患到极处，也曾爱到极处——“我将拉低悬崖的帽檐将一滴悲怆的太平洋擦掉”的扬帆歌喉……于是我惊讶了：何以“这一代”诗歌会越过似乎已经习以为常的坑坑洼洼“派别”而傲立于世？自己何以会一如当年地热爱和感动？这种隔“代”的心灵牵手意味着什么……诗歌，诗歌，我是不是要重新认识你，思考你，重新认识和思考你洞开的历史与人性——世事有沉浮的循环，也就必定有昂起的回归吗……

> 他走近了，逶迤地。“野菊，拦劫我！灿烂的女性／无论毁灭或再生于煜煜的星系／唯有你的铜号能唤醒蓝色／唯有你的斗笠能无限接近天际——
>
> 为谁？北风的乌骓喷吐着大雾／难道陷入死亡的核心？我茫然四顾／钉在秃枝上的渡鸦似滴溜溜转动的风标／箭头在聒噪：你没有归途也没有退路……
>
> 那时，我将颤巍巍地挥洒最后一场大雪的回忆录／写下荣耀写下毁灭和遗教重新填补大地的空白／在铁青晨霭中咳嗽着，抱一炉噼剥的星宿

她可以自慰了。因为问心无愧。此生此世，以血以心，哪怕

只有“一个虽不壮烈但却是热泪的酒壶”，他、他们也尽心尽力了。在“我把青春——锡箔般献出”的时候，为同样的一簇心灵烛光，为许多像我一样干裂舌唇的路人，她将在以后的季节被鲜润地记住。

永远有多远

我在写一些很长很长的文字，磕绊而孤寒。青春的血，人来到这个世上只有一程，甚至一瞬的热热的青春的血，我的，我的活着和死去的——死得悲怆然而怀念深深的朋友们的血，就这样在人生深处的远方奔涌，流淌。我向他们和那个年少的我走去，于是有了三个不同时空的我：和他们在一起的我，久久赶路的我，凝视这一切的我。这种时候，脑子里一片“空白”——现实的“空白”。什么生活、名利、人际关系、尔虞我诈，使劲地想，才能隐隐约约、肤肤浅浅地记得似曾有过，就在周围，就在日夜的路上；也曾愤慨，也曾计较，像落叶坠在肩上，但怎么如此快就“空白”了呢？某人、某事、某些岁月，真的如哲人所说，是深渊幻幻的幢幢寒影吗？

世纪末最拿手的把戏就是收拾青春。用“理由”、用流行、用肤浅、用自欺、用无价值的暖风把青春弄得晕头转向，服服帖帖，煮饺子似的浮着身躯到处匆流，再也识不破操勺者的阴笑。当年轻人比中老年人还要功利，还要现实，更少风骨，更乏叛逆，更缺新意时，岁月就真正萧索了。这是世纪末无能而脆弱的报复。一百多年来，从来就是青春挑战和变迁着这块土地的历史，即使是“文革”那样的年代，说起红卫兵运动的荒唐，真正荒唐的不是他们，而是荒唐的大人们，是时代对青春的荒唐阻碍。而在这样的荒唐中，叛逆滋生着，价值坚定着，人性抗争着，浪漫飞翔着，苦难被咀嚼、超越，思想被发现、牵引，感情（性）被解放、丰富，生命成熟、长大了。于是才有了后来，有了进步，有了我从人世的集市走向郊外、走向深邃无伴的精神密林，在篝火边的虬藤下相遇的个性卓卓的守望者们。不必相识，不管来自何方，我知道他（她）们的青春里，肯定有什么没有被“软化”。这不是奇谈。有知青文学，“老三届”文化，以及各行各业的优秀者为证，有在那样的荒唐岁月还能不屈不挠的代价为证。它们拷问着我。

我向那个深处走去，因为匆匆身影的力量就来自那儿。我说过，优秀的书和优秀的人是不一样的。后者没有被虚构、想象、概括；他们有血有肉，活生生的，和我一样，生活在现实中，满身缺点（看人们怎么看了），神秘而费解，朴素又真实；如果幸运，如果信任，如果有缘，如果天性中沃土尚存，相遇就是自然而然的。十三岁的时候，当我听见那些我至今敬重着的大我几岁的少男少女们血气方刚地谈论理想，说着巴黎公社的民主，争执人生、社会的意义时，我像童话里一只迷路的马驹，好奇、陌生、新鲜，别有天地，恍若置身另一个非现实又很“现实”的世界。他们无疑沾染着时代的病菌，然而“有缺点的战士毕竟是战士，完美的苍蝇还是苍蝇”。我一生不由自主地喜欢独旅于一个又一个陌生的城市、一处又一处陌生的山川，总是不期而遇陌生而感人的情怀，总有一种陌生而神秘的渴望，也许就是他们给予的。我看着他们生离死别，看着他们刻骨铭心相爱，看着他们坎坷中欲念如炽，相思如焰；我跟随他们读书、讨论，跟随他们辩论、游行，血战故乡；我目送他们坐牢，我听他们咒骂某某，怀疑“神化领导人”；我送他们上山下乡，最后我也流落他乡……那是真正的漂泊，无职无业，无“单位”无党派，无家无宿，有的只是平民之子的沉重与豪迈。谁下什么结论我都不信。因为我和他们一起长大。我深深知道，如果说开放、自由、朝气、活跃、现代，甚至放荡、嬉皮、虚无，他们那时候比现在更彻底、更“泛滥”。所不同的，是比现在更艰难更痛苦，因为桎梏更多、压力更大，封闭得更没有个性的舒展空间，生存也更成问题，弄不好身家性命亦难活存。那时的一切都是“地下”的、民间的，因而也就比如今多几多深刻，多些许美好，多很多丰富，多一些纯粹，多一份真实，多一种风骨，多几缕怀念……就是那时，我开始“写作”——写一封封的长信，写思考，写冲动，写感觉，写苦闷，写“隐私”，写大自然的美，写那些禁书、禁歌，写爱（性），写周围的人，写梦想，写苦难，写家事国事天下事，写“人所固有的我无不具有”，写我、我们拥有，别人却没有的“过程”；写心里、情感里最深最深、羞于启齿的话，也写将来——我们的、国家的、人类的将来，写相遇——不是为了找回，不是为了找到，只是找、找、找，找到了还要找，直到这个世界“把我忘记，就像从未有过我一样”……我们写着一切能说出和不能说出的真实，直到长大了，不，一九九六年元旦，当我将一篇短文寄给我在南国一位朋友且做“贺卡”时，仍旧只是那句不必约定的话：当生命真实地诉说时，月夜就是我们的节日。

高山流水。冉冉年华。现实只能消毒，只能过滤青春，怎么能使她不再是她，俗融为尘呢？

还要写一些很长很长的文字，写很多，很多。它以过去那些长长的不是为了发表的信为源。我知道，纵使我已陷入职业写作的生涯，盼望能够发表已是意中之事，这些文字的问世也是不可能的了——这就是悖论。那像光一样、虹一样的东西只是真实过去许久之后，可有可无的虚拟。青春，如果曾经坎坷而负重，又不去为极容易就改善的一己生存而劳作，只想站起来、走下去，为尊严和人世做些什么，没有挣脱的意志和性格是不可能的。于是久而久之，身世、经历、苦斗也就成了“天性”，循环开始了。若不妥协，也就只能必然回到或永远在坎坷与负重中微笑。这是往事吗？不。“我明白了。我们生活在现在，没有过去。你生活在过去，没有现在。”有人说。

错了。我的朋友。太阳、月亮也是“过去”吗？永远并不远。她没有“过去”，没有“现在”。她任何时候，在任何地方，在你我之间，冬存春烈。

沉寂。生疏。忘却。多少人埋头苦干的内涵，是“三年不鸣，一鸣惊人”。一旦如何如何，什么都捞回来了。这是成语一样走惯了走熟了的路。这种事先的算计，连付出都说不出口，更遑论寻找。它注定不属于我。“到那一天，当你听说我不再写了，写不出了，那一定是我孤身伫立在我和我的朋友们的热血最后滴落在桃花岭坟草的时候。他们本该也有性也有生，也有二十岁以后的风风雨雨，喜怒哀乐，奋斗忧患，甚至今天无可厚非的享乐放纵，随波逐流，却‘人生未行’身先死，‘悲使友人’泪满襟。而我又是怎样的一个幸存者呢？残稿也罢，灰烬也罢，到那一天，就为我喝几杯随便什么酒好好庆贺，就像我总是看见他们远远地在芳草萋萋的泥冢上为我送行一样：他们和我，都尽心尽力了。”

为着纪念一些没有杂质的夜，那烛青春的火苗点亮了黑茫茫无边的“空白”。也许，所有的回答都在那摇曳的柔焰里了，一如你我深深思念的眼睛。

诗人变奏

存在的即是合理的吗？

据说，每一个人的生命里都有与生俱来的艺术——诗的细胞，只不过或强或弱、或多或少、或潜或浮罢了。十几年前，当文学的气氛像一个热闹的大集市的时候，从个人来讲，似乎无可厚非（不曾亲历者，谁还会相信中国还有过这样的年月？）但就社会而言，却肯定是极不正常的。那时，人生的其他通道寥寥无几，百年来复杂、激烈的历史风云所需要所成长起来的诗性、浪漫、热血、激情，正被人为地、曲解地、变态地膨胀到了畸形的地步。丧钟和警钟同时敲响。艺术走到了混乱的十字路口。但这样的文学集市，与其说是灾难，不如说是希望。在集市中酝酿着、碰撞着、反抗着、等待着、寻找着、发现着的人性和力量很快就推动人们涌向了四面八方：商潮、政界、电视、报纸、学院、技术、军事乃至冒险、创业、情欲、流浪、放纵、叛逆……林林总总。通道终于打开了，出路多样化了，禁忌崩塌了，社会丰富了。可以说，没有文学集市的孕育和积聚，没有不可扼杀、与生俱来的诗的细胞的顽强、自由（这是很值得社会学、人类学研究的现象），就没有任何一个时代的发展。诗牵引人性的本质汹汹苏醒与昂扬的必然，像太阳升落一样不可抗拒。而这不可抗拒的托举者和光束的核心就是诗人。

因为诗人在生命的深处。

诗人把生命中本来就浓烈的诗的细胞强化了，唯一了，浮凸了，极端了，蓬勃了，燃烧了。他只听从天性的疾呼，一阵一阵，杜鹃啼血，不能自已，于是有了另一种人生。

于是人类亦有了最久远也最鲜活的精神的热和潮风润雨。

他那时住在闹市一间几平方米的旧屋里，偕年轻的妻子，伴几件简单的家具。屋光极暗，朝北的独窗在寒风中总是漏进吱吱的啸声。他从海边的乡村而来，个儿不高，清秀中有一种蓝天下岩骨的硬气。他爱诗，在大学读的却是历史系；当那张南方人似的面容沉思得焦虑时，他的表达就模糊、艰涩起来，仿佛直觉在为穿不过思维的褶襞而激愤。那时我们都很年轻，文学集市上拥挤着很多的人，但值得彻夜“碰撞”的却不多。因为交流是需要心和层次的。似乎还需要烟、茶和酒。这样的时刻很珍贵，人生有些很重要的东西就是这样奠定的。那时在他那间太旧的屋子里，一些很本色的话，一些在市面的忙碌中不能说不愿说的话，关于艺术关于人关于历史关于“文革”关于中西文明关于情感……都可以像发大水似的，说得汪洋恣肆。难得见一次面，见了就是这样没完没了的探讨、争论（我就是那时知道思维如果疲劳得过了极限，更容易冒出新的灵感和玄想的）。饿了，找到什么就吃什么；烟抽完不同牌子的好几盒就捡起烟把儿再抽下去；茶也不知换了浓淡不一的多少壶……凌晨困极了，他和妻子挤在床上，三两来客就躺在临时搭靠在窗下的地铺上，睡梦中再扯几缕那些悬而未解的话题……许多年后，怀念这段"拉丁区"的平民时光，我深深感到，若没有当时滔滔而奢侈的狂思长辩，没有幸运而灼人的激情放逐，没有贫穷而远离功利的冲决抗争，我们这些体制文坛外的艺术牧童，后来谁也不可能在先我们而到的"有序的世界"里迸发与创造，一直游牧到个体生命所及的远方……果然不久后，他就和争辩时说说、想想的思路"受阻"状态相反，扎实地，一程一程地将他的爱、他的苦、他的忧患与睿智、欲望与原色，"你无穷尽／我无穷尽"地驭日而行，倾诉如流，在各种报刊上越唱越"火"了。

于是人们开始羡慕地注视他。注视他的"现代"和"现代"的源头——人性神秘而深奥的深处。他的历史、哲学、社会学、美学等素养握着一簇个性清新的话语的矛，穿落了"意境"的窠臼和大同小异的"时诗"，与那些将才华耗费在词语中的噱头们背道而驰，唱着，走着，迎着诗的又是唯己才有的山岗徐徐而去——"我的骏马，在最拘束的地方，我的心灵便是你的自由"，他似乎在旁若无人地流浪。

这也是诗的自由。在集市散尽之后，真正的诗人们会成长得更加清爽、豪迈。

艺术本来就不该是一个集市。艺术不是买卖的交流。不是“三面红旗”。诗人不是文人。天生的就是个性的、叛逆的、独立的，不“依”不“靠”，无“规”无“矩”。诗人随心随欲，文人俯律叩威；诗人坚守，文人妥协；诗人不合时宜，多棱多难，放纵又严肃；文人道貌岸然，争宠求荣，磨损自我以吻合平面的世俗。李白和司马光、波德莱尔和圣伯夫、早年与晚年的郭沫若的冰炭分野就在于此。但文人病菌几千年如雾弥天，啃啮得人性与诗性千疮百孔，积重难返，历历在目，当代诗人能幸免吗？

诗因此而不幸，而夭折，而悲凉。

他终于越写越少了。也许是在挣突？是诗在密实的地层渗动时看不见文字形成的枝叶？很久没见他的诗了。只听说他在谋职求生，在下棋、游玩、请客吃饭、倒腾挣钱，也三教九流，四处忙碌，似乎比一般人还现实。这似乎很正常。因为诗人也要生活。他说他想给孩子留下一份产业，使他不再重蹈自己穷困的童年。但诗人的生活在生活的深处，就像波德莱尔心向往之的不是巴黎上流社会的沙龙，而是穷困潦倒、放浪本原的平民底层一样。那儿才是生存也是诗的渊薮。诗人不该属于现实表层的牌坊和声名吧。因为现实自古是中性的、雌化的、窒息的、浪费的、萎缩的、秩序的、卑琐沉重而可笑的、“杀”人不见血的，而诗性天生是浪漫的、颠覆的、超越的、抗争的、本色的、忧虑而雄起的、平等而狂放的……当二者的对立撕撞于一身时，诗人将被折磨成什么模样？血的烈焰能否烧枯焚朽而升腾？在体制的诱挟和现实的裹缚里，真的不是没有人不想做纯粹意义上的诗人，而是无法做，做不了吗？也许人只能尊重各自的选择。于是偶尔见面时，听他很平常的市井谈吐，即使还是感到话语里不甘的焦灼，我也已无话可说了。我多么希望这仅仅是诗人在不可避免的灵与肉的煎熬中，对自己的作品永不满足、渴望新生前的一阵痛苦沦陷。因为爱因斯坦也曾由于对宇宙越悟越深而走入无为的神秘，人类也常常因情欲的激狂、世事的不堪回首而忍痛“遗忘”。我似乎在等待什么。

这样又过了些日子。一天傍晚，为了一件什么事，他在一处幽静的酒家请昔日的文友吃“全鱼宴”。当时在座的人都与文学有关，也都知道他的“成就”和“缄默”，谁也不愿撩动东道主的隐痛而导致不欢而散，于是东谈西扯，海阔天空，唯独就不涉文学。说到底，文学也不过是一份缘、一种命，有与无都是天意。人们只是喝酒，只是闲聊，“直把杭州作汴州”，任心热身暖，得陇望蜀，谁也不去注意他已久久不语，若有所思，独酌冷丁……这样不知有多久，记不得我正说着什么了，他突然一挪椅子站起来，举杯打断我的话头，很冲动地说：“哥儿们，别、说了，听我说，我有一个请求……”声音仿佛很远，喝红的脸泪光迷蒙。我是第一次见他欲哭而语，怔住了，赶紧安慰他：“说吧。都是好哥儿们。”这时他的手颤洒了杯中的酒，欲言又想，一会儿才说：

“我不要、哥儿们怜悯。我不需要。我、离诗是久了点。我还想回来，还要写……到那时，哥儿们，别嫌我，别拿我、当外人，文学，文学的外人。”

他先喝了。有人点头。接着都一饮而尽。谁也不再说话。久久无人说话。

那是一个很平常的冬天。幽静的酒家剩下的客人不多了，夜冷得有些清凄，我们像一伙远道的异乡人……

在这个时代，大约不会有人在意这样的“沉寂”了。

我们未必把他当过“外人”，但有谁努力理解过他内心的痛楚和苦衷呢？

理解其实与艺术无干。艺术不会在乎、不该在乎。她本来就是心的事、性格的事、自己的事——不该管叽叽喳喳的众口拨弄着什么，熙熙攘攘的街上刮什么鸟风，更不该管当今又是什么别的“集市”。

只是就社会而言，这一切应该少些再少些——因为真正的诗和诗人更少，而社会偏偏又太需要她们。有什么能取而代之的好招数吗——抬起头，我问苍天。

它和我一样冷峻、漠然。

各有来日

也许是中国真的很需要，也许是由于自身总是感受着人、时空、生命、精神、现实、爱与性……的神秘和深远、快感、愤恨与冲动——历史好像只有我们而没有森林，而地球只有森林没有我们。年轻的沉思者被这一切关注着，似乎难以离开这样的词锋了，于是他不愿重复又在书上一千次地重复着它们，他是决计只写自己深刻领悟的东西的。所以，不是才气不足，就是四面八方的生活以一千次同样的面孔撞得他原地回旋。他太累了（其实他有时是不失幽默调侃的天赋的，只是被逼得变形了，只是觉得没人能懂或面对现实不愿幽默着吊死，那是一场睁开眼就发现高明，闭上眼就显得蹩脚的戏），像西西弗斯的神话里的推石者。但他不叹息自己，只叹息人的力量这样耗下去似乎可惜了。他永远尊重和理解不想做什么的人，但他是想做点什么的。想做点什么的应该和不想做什么的有同样的生路。人的生命有限，有限的生命如同推石者（他冒不冒汗似无所谓）奋力于山路的一段行程。他不管最终石头会不会再落下来——那时他肯定已经被人们认为死去了，管不着那许多了——只要活着时能推上去一段，“老人与海”的经历就相对逊色了。因为条件不同。海明威的话里有“其实成功了又算得了什么呢”的意思，但他没有说人的乐趣就在他这一生奋力地尽可能推滚过自己生命的石头。他总是握着一杆猎枪，把很理想的迷惘的喘息和病态中充满理解的硬气匆匆留在世界各地。非洲的青山和西班牙的斗牛场、战火掩埋的遗址及加勒比海的暴雨至今怀念着他的打字机。

人们认为他死了。但它们不理会这样断言——他死了吗？它们用如金的沉默执守着难以沟通的自信。

何况，西西弗斯的石头或许不会从原处落下。如果到了山顶，从另一面落下去，再往别的山推去，那以后石头所经过的天地不是更有吸引力吗？兴许是更广阔、更簇亮的精神新大陆、新星球呢（宇宙也有可能是一体的）。只要它们是陌生的，就有如梦想，奔跑的境界总是不同的。

而如果不去实现梦想，那么你还未开始就失败了，一开始就是死亡了。而人天生不愿意这样。

于是，年轻的沉思者写出既局限又不局限的文字。他希望他们能如己所愿，又为常常不能如己所愿而愤恨。这个人有时是极随心所欲的。他宁肯如此，因为只有上帝才随俗不欲。

所以，准确地说，他不是写，而是不得不这样活过了一些时辰。

在留下这些痕迹时，他很矛盾：有时希望能被人理解，有时又对理解与否铁了心地不在乎——这样想透了后者，他轻松极了。因为身心自由了。人能不环顾前后左右和别人的东西——他认为为此付出多大的代价都绝对值得。

这样他就不欠任何人的什么，也不欠自己的什么了。

他在一九八六至一九八九年里写作。在这风风雨雨的三年里，他时常梦到若干年后的一个无人的阴天的午后，儿子长大了；在冬天的海边，倚着咖啡馆的漆木柜沿，他们可以看见外面大道两旁广阔的林地上苍凉而萧瑟的落叶。儿子凝视着他问：哦，先生，那时你在做些什么？

这句话后来一声声重复过许多次，一次次远去，又一次次临近，穿透身心，伴随着他独自漫步的时光。

他知道孩子已经有了自己的往事，已经明白很多难忘的历史了。而他在接受后人的、岁月的审判。

在一个老年人和一个中年人的身影里，他醒来了，久久询问着梦中的潮润的良知。

不必羡慕谁。他想。因为各有来日。

一生与某日——精神收藏

（许多岁月过去以后）瓦莱斯伸着懒腰，从河边上来。巴黎第三阶层的圆领衬衫，跟着手臂的自然甩动而平静。走到乔的头边，他蹲下问："这是行为艺术吗？"

太阳照在上古流来的河上。河床已经很瘦。同样怀旧的只有草，从岸边漫向山巅。乔身旁的一丛格外特别，叶片互生，宽长直立，像瓦莱斯脖上的红色三角巾。

它在轻风的惬意里纹丝不动。

瓦莱斯顺手掐断一根。草的影子，手的影子，汗毛的影子，在乔的鼻翼画着八卦晃动。

瓦莱斯撩拨乔："睡着了？"

乔听见河水的声音更近。草汁里流着秋天的药香。欲望送给高墙了。他穿一条裤衩，被托在草皮上，四仰八叉。重新长大吧。重新那样。听听山歌。吃年糕。天仍旧蓝得没有感慨。跑哇，跑哇……这草可以吃。法兰西不知道。他们的起义者喝葡萄酒。它可以吃。涩的，苦的，越嚼越清凉。《粤西丛载》记的"不死草"，清朝的名字。报上曾为它到底是何状争论不休。前人没留下“草谱”，它到底是什么，后人相见不相识啦。

时间又想赢。妈的。

乔发现眼皮的热光突然消失。巴士底的汗味。一八七一年，瓦莱斯在激愤的市政厅。现在他把粗布帽扣向乔的额头，又向钓竿走去。

塞莱斯廷预言，塞莱斯廷预言……他听见汉语的河在嘀咕。

草坡上又留下那个“大”字。纹丝不动。千万年前的仓颉，千万年后的乔。

一人为大。

草地蒸湿了乔的背。骨骼有什么在游弋，很舒服。还有脚。许多年不赤脚跑啦。从前没顾虑也就不扎脚。铁轨的枕木好烫。雨后的路踩上去像天使。野棠棣的花小而白。竹筒饭比粽子香。喜欢闻汽油味据说是得了贫血。土生土长的虫子，来吧。伤口还是痒。四十年一回。记忆。河还在。最后的河了，河边灌木里，从前有蛇蜕……

归宿。乔欣慰山里还算寂静。

嗯。够老的。行为艺术。也过时了。

最后的河里一条鱼终于上钩。瓦莱斯叫得强壮。乔惊跃而起。半天了，它终于来了。鱼。

极小。小鱼——乔看见外婆在从前的小摊讨价还价。街太窄。蓑衣的水一绺绺滴进箩里。“寸鱼干”，一毛二一斤，小贩不还价。

故乡的草屋在昨夜的梦里发了大水。

小鱼在阳光里活蹦乱跳，喊得掉了鳞。瘦掌拢成的“船舱”伸进水里——乔让最后的鱼游走了。

狱友“疤拉眼”算命说：指缝漏财。乔漏财的手在水里送别。空空的，清晰晶亮的掌纹，铁铐的死痕，在水波下模糊起来。今天是我的。不用担心谁被狱卒押走就不会回来。乔想。

乔想他不该是从铁窗那儿回来的一个。

回来的这一个和朋友并排坐在栾树下，情愿和山影、河水一起守候寂静。

“晚上广场有激光焰火。”

朋友还是这样说了。

这一个躺向树根，枕起双手，努力习惯着自由的阳光。

“你们胜利了。怎么这么艰难。多少人没有看到今天。”

胜利了。就不是我们的了。这一个说。

“为什么？”

行了。《起义者》瓦莱斯。法语追不上汉语思维。休想追上。像有人游行在古驿道上，欢呼，举小旗，很容易。只是沉重的一页不一定掀得过去。后人有后人的牺牲。

乔想。英雄只在成为英雄之前。

什么时候不想参加胜利庆典的？朋友又问。

说些别的吧。这一个回答。

焰火还是可以看看的。你去看吧。这一个又说。

你呢?

法兰西也这样提问?

河岸索性寂静了。水波也不再耀眼，却更清澈。

浮标还是没有动静。四十年后的鱼正在富贵，蚜虫钓不上来了。乔算出上一次钓鱼是十四岁。那时随便哪儿，一钓一篓。蚜虫也好挖。鱼竿鱼钩不用讲究，自己就能做。不过四十年呢。“多少事，从来急。天地转，光阴迫。”这样渴望的诗人也消失很久了。

“蛇蜕可以治中耳炎。一条中等大小的，加一只活蜘蛛，冰片一枚，研成粉，洗洗耳内脓液，吹入药粉，一日一次，六次根治。告诉我这个方子的老人，边说边敲火石吸烟。我们那时敲石取火。”乔说。

“我们还可以去蒂巴萨，那里的海像神祇说着话儿。阳光和苦艾的芳香涨满你的欲望，舍努阿山葱郁得尽是爱情。还有波让西·卢瓦河。”夏尔多纳说，“‘河边细长的白沙滩宛如什么人的签名’。‘多样化，这就是法兰西’。”

“钓鱼吧。我只有这里。”

“为什么你们总在秋天胜利？秋天理性？”

你也可以说春天冲动，所以起义。乔抱紧肩哆嗦着。夜里会很冷。但这样山们会信任我。信任我和它们一样，来去无牵挂。

乔不知瓦莱斯什么时候走的。好像很久了，远处传来一句“我把——外衣——留在——帐篷……”瓦莱斯挥着三角巾在山岗上喊着，河边没有回音。

（许多岁月又过去以前）草坡终于翻了盖。翻了盖的草坡这一次绝了“不死草”。当时挖出的颈骨、脊椎骨、肱骨、趾骨、尾骨、肢骨化石，每斤售价七千元。用嘴舔舔，黏滋滋的。捣碎后，止血去脓，消食化瘀有奇效。据专家推测，河边至少在九千至八万年前，群栖着罕见的鸟脚类恐龙。

山还在。山们记得栾树的祖先和自由自在的恐龙。来过这儿的人已经太多，它们也许不记得某日在夜雨里游得尽兴的乔了。

遥想一位老人和书

年轻人这时看见年轮里活着一行行颤抖而深沉的手稿。在它的流动中，一位饱经风霜的老人不再是终将被湮没的孱弱书生。东方人白发苍苍、宽厚坚韧的面容飘忽在霍布斯、洛克、卢梭、雨果的身影之中。卢森堡公园的落叶轻拂着这些先哲雕像的肩头，拉雪兹神甫公墓那堵“巴黎公社社员墙”下凝聚着情思与鲜花……老人年轻时去巴黎留学，可曾在那儿流连良久，独自思索？他的一生沉默过许多日子，做过许多似乎可以理解的错事，但从那儿得到的领悟，使他成为中国式的反抗者、思想者。他终于留下了自己的、又绝非仅仅属于一个民族的最后的书。他相信这本厚厚的《随想录》是人的灾难里没有过时的警钟。只要有人听懂了，这片繁衍了千万年的土地就将属于真实的人类而不是人为的太阳。

二十世纪最后的年代，精神的脊梁用生命和献身的实践铸就着书的真谛。

在风雨之路上用皮肉感受哲学的年轻人毫不奇怪真正的书都

会幻复成手稿。因为手稿是有生命的。它诞生的血腥，无限的启示，连同老人一生的痛苦、沉重、真诚、自信和良知都在手体的汹涌里发芽、生长，结实在后来者青春的深远里。砖筑的“巴黎公社社员墙”伫立在塞纳河畔已经许多年，是斗争也是苦难的倾诉。因此时光终将漂淡一八七一年的背景，而使活着的人自我升华随意而深刻的想象。年轻人以自己的方式问着和老人一起经历过的二十世纪的若干岁月，以及它们恶瘤般形成的延续与感觉。这时，比泥浆和砖块更确切、更丰富的人和事在苍穹下的东方之“墙”下清晰地苏醒过来：过去既是人创造的，人就同样能再创造一个新的未来。只要去思考、去做，无论多么艰难曲折，开始了的希望古今中外何曾结束过！一个思考的大地早在“横扫一切牛鬼蛇神”的年头就到来了。

任何岁月都需要这样那样的非宫殿的“公社社员墙”。

时光涌动着。“墙”下没有鲜花。年轻人在龙鳞和人群的上方，默默地叫了一声“巴金”。用自己的声音。

老人听见了。远方深邃的苍绿里透着迥异的宁静。窗开着。秋叶掠过沉思的眼睛。他说过他要搁笔了，却依旧注视着沟沟壑壑的过去和走向未来的历程。他在年迈的深夜里没有逃避，这不是人人都能做到的——他多么幸福、坦然的自慰。推移抹不去忧伤，辛劳思索期望。他一定等待着：即使岁月把自己忘却，即使年轻时郁积的浩卷繁帙落满冷漠的尘埃，活着的人再忙再累也请记住一个老人用最后的力气剜出的不无局限的文字——直到真话成为终止非人命运的纪念，成为字里行间只要有人，世世代代就不会死去的血脉的自由与尊严。

江河匆匆。不是一本书就能告别谎言的周而复始的，仅仅记住也会重现苦难。一如还来不及总结的六十年前曾漫步异国他乡，汲取力量重回故土的学子们，多年来屈服倒退的悲哀。历史就是这样无情：本该元帅、将军、汉子们去抵挡的子弹，却使脑袋长在自己肩上而终不愿跪下的硬骨女子张志新被射穿胸膛（且先割断喉管！）；本该更属于千千万万精力昂扬的年轻者的沉重的十字架，却已经被耄耋之年的长者们背负着跋涉了太久、太久……

一个没有历史感的民族是没有希望的。年轻人在精神的深处回答着一切，也回答着自己。

“一本书，一本有影响力的书，必须是一把能粉碎我们内心冰海的斧头”（法兰兹·卡夫卡）。否则，在成千上万印刷品的洪水里，扔进你那一本又有何用？

没有任何一场洪水不会退去。淤泥上，十年、二十年、三十年……上溯若干年前，文字虚伪、丑恶，大肆泛滥留下的积习，历历在目，鉴人悚愕……

生命场

他用整个年轻时代寻找着这样深远、弥阔的声息。它在他们或漫或失的经历沉雨里，在迥异的人群和历史的太阳底下，冉冉衍续不尽……它并不博大精深，但却是清新、永存的呼吸。人类命运的悲壮激越，真诚执着，销蚀低迷都昂扬或沉没在它飘忽跌宕的怀抱里。一年又一年，在这个我们唯一已知生命的星球上。也许是依赖着它，才深深活跃着人拥有意义的真实和严峻。这似乎不难体验。他相信。相信它是由人自身创造、生长的本质之灵，也仅仅因为生活布满陈尘、欺罔才匆行着空累的、不毛的身影。

然而，生命本不该这样。不该。

一切似乎都被视为理所当然了。那么让岁月不是牢笼也理所当然。

命运，从未有过什么年代和现实。只有屈服和自由的延伸。

熙攘游离的日子浓翳了。那时，它终于燃亮一簇探索的世纪之光穿越黑黝黝的茫茫宇宙。阿波罗 11 号的漂泊之舟是真正无人的世界，真正彻底的孤独。在它的升华里，笼罩在旧礼俗利的街市屋墙中所有的自惶浅怨、形只影单都从此微不足道了。只有生命的勃发与叛逆与它同根蔓生着光辉。这是何等顽强的底蕴！无限浩瀚的太空可以把浮散在天体之间冥冥、坚硬的无数巨大物质变成微粒，并使之荡然无存，不知去向；却无法阻止人类的伟大梦想冲决世世代代禁锢的大气层，把生命扩展到太初的宇宙边缘。生命在探究广袤的星云深奥的演进过程和未知存在的瞬间，也从二十五万英里之遥的空间回首被地表大气扭曲了物象的多灾多难的地球。在实现的屏气沉思中，多少个世纪以来的事件和浩卷繁帙沉淀了，只有这种漫漫声息回荡在错综复杂的岁月之中。它们曾养育着茹毛饮血的祖先在自己生存的摇篮近乎无知觉地转动着森林、河流、土地的无数长夜里仰望星辰，流传着由一群群栖居于不同山地的部落诞生的诸多关于星月、太阳的幻梦和神话；也激励着一代又一代的血肉之躯前仆后继，执着于自苏格拉底“天为什么不会塌”的苦苦冥思以来非凡、艰难的求索……地球之村这颗思想的种子连同它众多崇高、苦难的精神伙伴从弱到强，汇成了莽莽思想的层林和纵横交杂的命运之河。“即使宇宙轧碎他，他也比灭亡他的宇宙更其高贵”（布雷兹·巴斯卡），因为能诞生也能灭亡人类的宇宙什么也不知道。阿波罗登月的探险者在布满陨石坑和软土的月球层面留下的不是二十世纪的足迹，不是一面民族的旗，是人的本质之灵透彻血肉凝聚的永恒伟力。它昭示生命不仅可以创造繁杂的政治、经济、军事、习俗等人为之物，也一定能改变它；不仅可以超越悲观、消极、困惑、烦扰、空虚和萎退、虚伪与压抑、情与性的窒息等无形之链而成熟生的欢乐与信念，也能够把向往与未来升华到密星逡巡的恢宏天际。奥尔德林和阿姆斯特朗的宇航冒险不是缩短了从幻想到勇气、行动的距离，而是脚踏实地地把希望和献身精神引向了永远没有极限、永远需要力量的更高更新的境界。这是一切运动的终极意义。也是人与人，与历史、现实、未来相依不悔的欣慰。实践的过程无论成功还是受挫，失落了它，人都将不复是人。“天为什么不会塌”的伟大命题也就只能沦为讥笑异端灼见的成语，“杞人忧天”——真正的悲哀是它还是“成语”：约定俗成，习以为常，似乎不必再思考了，足以用充分的愚蠢和强权将思想的火种置于死地。二十年风雨如磐。他记忆犹新。在青年时代浑浊起伏的挣扎中，他在湘江岸边的友人曾因一声扭曲而独到的呐喊被判处十年极刑（在枪决的酝酿中幸免于死）。《中国向何处去》，一位高中学生在“有思想的人无论注视何种方向，天空都充满恐怖阴影”（约翰·威廉·德雷柏）的时代，被东方异端法庭定罪的全部逻辑仅仅在于这样的斥责——“中国向何处去”的问题不是早已解决了吗？你的思考不是别有用心又是什么？呜呼！一个人有了思想而能平安地回到自己的家里太难了。于是在人类共同的天空下，这片街街道道的灵魂基座被根深蒂固地供上了浅陋的功利和虚伪，世界从此多遗了一具远远超过奥斯威辛集中营残址的耻辱之碑。在这样的传宗接代里，生活还有什么激动人心的呢？砣砭的混天聊日和卑劣公然正经了。有眼无神，有目无光的角色油然而生，恣肆滥觞……子在川上曰，逝者如斯夫。走过疲倦狼藉，他为厚厚的“成语”们林林总总，因而更难更瘟疫地至今未能警醒黯然的后人而惋惜、平静。

马掠过了。犷悍的先民们曾留下许多遥远的马的艺术。其他给予人类温饱自足的动物似乎莫名其妙地被忽略了。然而这不是马的幸运，是人的天性。只有人和雄健、执着的马一起跋涉的浪漫才能与人的想象、激情融流的艺术组合成灵魂的和谐。古朴、凝重的线条、色彩和旋律，闪射的是人生来就有的向往和不满的本质。从离开树巢直立行走到告别山洞迁徙平原，从唯有疾马相伴的古道旅途到车船游历、太空往返，生命远行的必然何曾泯灭，何曾有过归宿！地球原来不过是血肉的故乡和精神的驿站，只有人类这个真正的过客有力量永远走向远方。

走向远方。人在哪儿能掩藏住自己？心的源流既然远远比地球要辽阔许多，我们又为什么在一间小屋里近视生命？堕落也应堕落得有气质。倘还有一丝冲动、再冲动，也许感慨就不该是无果的叹息。无奈就该忍受吗？谁说的？没有一次次的寻找怎么就知道它是无谓的？无谓的也许是不知勇气、跌倒是寻找的规律。擦了点皮算什么？没有人愿意听你辩解。没有。吞了半口咸涩的海水，闻闻还未走近的海腥就泼灭天知道有几分成色的对大海的向往，这种躲在门后用嘴冒充承受了人生全部苦难的把戏已经过时了。

我们把自己丢了。早就丢了。不知丢在哪里。

走出去。像祖先一样对活着的和泯灭的满天星斗说，你连他们萌生神话的感觉也没有了。

他们轻蔑得不屑回答。

他们回答了。你听不见。

别代我问候他（它）们。伙计。

也许不会总是这样。不会，奥尔德林们在浩茫的太空经历的彻底孤独里没有绝望，留给世间的也不会是一个芸芸的年代。

不会。虽然阿波罗登月的庄严纪念已经过去二十年了。

已是二十年前的事了。他坐在北方冬天空寂的街椅上，注视着那时他们呼啸的学生时光。无雪的晴朗开阔着苍茫、纷杂的异地寒意，在无人的、稀疏的密林里，一年年的落叶依旧铺展、飘零，像极他和他的朋友们当年叠迹交萦的情绪。筋骨硬朗的手背上微温的阳光也抚摸着校园北面那堵高厚的围墙了，像重复的往事一样，渐渐把林边沾落煤烟黑粉的艾蒿枯条遮得阴暗、荒寂。沧海桑田，两种殊然的史无前例。当千千万万人为阿波罗飞船将八百多磅的月球物质带回大西洋西岸的空前壮举而欢呼不息、迸洒如潮的热泪时，脚下这片同样古老的土地几乎在完全封闭的狭界定里蒙昧无知——“全国山河一片红！”人是什么？宇宙的启示何在？所有起码的或超拔的根本性问题不是浅尝辄止就是被忘却了。形形色色的面孔在高不过砖瓦的浮层利益中明争暗斗，横杀直戮，劫掠、扭曲一切良知、正义和情欲，扼折无数青春醒悟的愤慨、哭泣和思索，无以复加地搅浊翻腾着陈腐的恶迹与罪孽……而他也在其中。在其中死死地抓住霉斑点点的绿意，睁着被自己也被尖利的浪头打残的眼睛。形而上的音乐是生命唯一和上苍相融的元气呵，他倾听着，弹奏着。截然不同的冬天，历史的漫延似乎从一个支流又转向另一个支流了，似乎终是迷津。他苦苦思索了很多年。当漫步月亮的结局已经走向追溯宇宙起源，探究金星、木星、太阳系外围行星、黑洞、中子星和来自银河的红外线，以及发现生命的起源可能来自四十亿年前外层空间的“有机雨”的遥遥考察时，那面墙背的阴影依旧是阴影。千面一相的灵魂没有活力，没有远见和意义，像即将埋落在道路的一些弯旧的废鞋钉。他仿佛视而不见书堡题垒里搬运的喘息。身影来去，参差着他亲历的极限。许多事似乎终生难以明白。他叩问自己，何以二十年前低檐窄街、担浆荷锄的风景却蓬勃了整整一代轰轰烈烈的信念和激情（它或许也会发现距地球一百四十亿光年的类星射电源这种宇宙中最遥远的已知天体）？那样的光怪陆离，那样的倾轧、荒谬，生命在其中蹒跚的唯有灾难吗？泡沫一样廉价的嘲笑究竟有多少自以为是的聪明？谁都想踩下继承了同样愚蠢的相通的脚印（美其名曰：“反思”“看透”）道路反而更加混乱不清了。蓬勃终临肃杀了。那么葱郁重生的根须又在哪里？未来从未说过罪在它们。弥漫的支流总归是支流，人的信念、良知、愿望、激情、思维、勇气的淤沉只是又一段看似平缓的洪灾。他不相信众多玩世里起伏的稀稀拉拉的残热能清整任何瓦砾的厚墟，遥见阿波罗丰碑的指引。人对社会生存有着必然的始终不渝的责任感，因为你天生对自己负责。无所依归的迷落也许并非一事无成，抑或还是诞生的胎孕躁期。然而机会是一种清醒、成熟的准备，不啻是等候气氛感染的呻吟。呻吟大抵是忘却的惯性吧。蝴蝶与蛹有着质的区别。如果什么渣滓都要，那么唯一不要的就只有生命，唯一无法聆听的就是这种不尽的声息。这不叫年轻，叫青春的半身不遂，因为青春不是年纪，不是围墙里的极限——还未纷纷提篋谋生，一茬茬地涌进不久，就早已注定成为缘墙随风的落叶了。码码学分又有何用？即使有梦，梦也是过去的。世代因袭，无新无望，不必做梦也已知步履所归了。

我们到底怎么了？心沉腿重，迷葛缠拧，重新高唱“一无所有”。

他还在途中。他们已到了终点了。迈了站立的半步就到了终点。

只好这样了。就像未死的树也只能生长一样。

在古森林衍栖了千万年的生物群落里，那个昼夜交替的晨曦，一声清醒的叫喊震颤了祖先们相绕篝火的温饱、安宁。它迸发得激昂，恐怖，心力交瘁。周围所有的飞禽走兽都停住了。古木参天的沼泽畔瞬息间经历了如死的寂静。这是一个原始的成年人坚定的声音。他曾和一些蓬发包腭、眉脊骨凸硬的幸存者共同承受过一次次灾难，在山洪、地震、狂风暴雨和严寒中本能地挣扎求生。他活下来了。大自然没有意志，没有目的，却造就和摧残着和它们息息相关的一切生物。然而它第一次被人的理性之喙震惊了。这个孤独的男人预感到灾难将又一次来临，他已经忧虑很久了。他一声又一声地呼叫着，他们一代又一代地呼叫着，苍凉、悲壮、深刻，从一个到一群，从又一个到又一群……直到许许多多的祖先从一次次苦难的验证中日渐觉醒，学会种植庄稼、豢养野兽、建造房屋、编织衣物，创造大自然没有的陶器铁具，自己养育自己，保护自己，沉着地抵御大自然的暴虐无情……这种任何生物都没有的自由，就是人对自然对生命的认识和希冀。它从远古激越至今，已经进化得极其复杂坚定，宏阔深远了。这根本的生命意识，才是真正的传统。他听得真切。苏醒是一片流动的节日，它使一切载力的总和强烈地无限了。

历史仿佛只留下这样的呐喊了，被没有来路的呜呜现实所覆盖的超然渐渐远去。他想起一个毫不相干的书名：《最后一个乌兑格人》。他们不是。他们只是一群领悟了这种声息，燃烧着自己的微笑者，迟到于灵与肉、冥思与行动的往返之间。他们尽心尽力了。

他们是根。根在，就萦绕着深远、弥阔的声息。

而在这个冬天，人们渴望走向未来，却走向了历史。因为弄不懂未来的意图。因为把创造一切的自己踩成了一片废概念。

临界

有很多想法。有时混乱，有时清晰。有时想得开，有时想不开——写到这里，我想，把它分行，再不加标点，或在最后加上省略号，就要是诗了。一定是。因为已经朦朦胧胧觉得这里面有很深的含义。再加上分析，加上理论阐述，如果在某种特定的条件下，比如深夜漫步，比如孑孓独处，比如有一定的人生阅历，比如某某历史背景等，含义就更深，更仁者见仁，智者见智了。

而在下笔之前，没有想到这些。当时夜很浊，斗室的烟味和外面很老的湖上徐徐飘来的造纸厂释放的怪异废气都很有一些年头了……写到这里，新冒起的念头却是：我为什么会那样想，想那些？……这似乎是更重要，更耐人寻味的问题。这里面有哲学，有心理学，有思维规律，有教育的作用，有天生素质——有更多更多的也许并非诸如此类的问题。

问题是这些问题是怎么产生的，应该怎么去想它，或者说，它有什么用，又和什么发生关系？

中国人不是很讲究“关系”吗？

可以不停地想下去。往四面八方想，往上中下想，往任何还想不到的未知领域想。抓而不紧等于不抓，抓而不坚持，也等于不抓。大约“想”也如此。而最初，我只是想，我要写些什么了。我得写些什么。我需要。我不写不好受，这些“什么”那时就在那里，我已经看到它们，感到它们了。我就要和它们发生关系了。给我一个瞬间，我给你一个世界。真的。那么来吧，忘却一切吧。我是那么想把它们写得整体上有点意思——这个整体上的“意思”我已经触摸到了，也明白了，但表达不出来，就像谁试图表达女人生孩子时的身心谁就是天下第一的超级傻帽一样。大约不止我一个人表达不出来。这一点我敢绝对肯定。就像又不敢肯定人人都像我似的一样。这时，如果没有功利的企望的话，倒是很平静的。但如果有的话，那就很焦灼，很累，很习惯地骂自己了。

这样的时候过去有过。

而且知道，即使很平静，大约一个晚上也只能想一个这样的问题，否则就会身心交瘁得半死。那么，写也就只能写那么一点儿了。有时甚至那一点儿也只能写个开头或一小半。

我知道有人这时会说这是因为想与写不是一码事或者说我只会想懒得写有劣根性或没想透不可能写又或者说你太笨抑或很聪明云云。这都是有可能的。于是会出来一个人说这关你什么事；又出来一个人说，这里面有什么可悟的东西呵；等等。

其实这一切都是我自个儿头脑里的战争。

但我真的觉得这里是有什么可悟的——我指的是这篇文字从

整体上来讲。

然而这样一讲就一钱不值了。太明白了。我其实应该什么也不说，应该掐头去尾再把中间的线索全部弄断，“删繁就简三秋树，领异标新二月花”，那样会更形象更立体更耐嚼。就像博尔赫斯就像二十世纪八十年代中国的许多了不起的文学一样。

但这样明说也许更耐嚼更创新，看你怎么看了。

你怎么看？诸君。

瞧瞧，我都说了不是？说多了等于没说。昔日我就一直自我感觉良好地认为悟到了道家那句“有生无，无生有”的话是艺术的真谛。现在，我想，会不会“有生有”也是真谛，抑或是更高的层次？这极有可能。还有，“有生无，无生有”是不是不是什么哲学，只是一个过程？如果那样的话，它就有可能转化，它就成了有生无无生有有再生无无再生有……或者无生无有生有——无尽无休，这样下去怎生了得？

这样还有什么意义？

真的没有什么意义了吗？

还有，这个“有”与“无”是指一个事物而言，还是指许多事物？是彼此间的关系，还是自身的本质？如果是一个事物，那么不解决这个问题，你就无法说明这个事物最终会不会死，无法说明它生存的意义到底是什么。这很深奥。就像昔日的文学，诸如诗歌散文小说戏剧人们都称之为生活的教科书或百科全书，其实它们不是一样。它们所说的“生活”“百科”，其实不过仅仅是政治、经济或军事、历史等的单一或单二的片面，现在不同了。现在文学里有历史、政治、军事、经济、地理、心理、自然科学、社会学、人类学、神学、建筑学……包罗万象，不然“寻根”到哪儿去寻呢？这很深奥。甚至很可怕——我是说还是那个“有”与“无”的问题。比方说人吧，有人这么理解，就“人”来说，有就是无了。因为自从有了你，你就在走向死，死就是无；但你如果有了后代，就又是有了……天呵，这是什么逻辑！如果我没有后代呢？……生与死有质的区别，这也叫物质不灭定律吗？那么好了，对一个具体的人来说，他终要死的，如果无后代的话，有生无，无生有，岂不只剩下前半句话了？

到底该如何解释？

人和一个人，是一回事吗？

不过，如果把一切的意义都抽象成了算式或让它们形成一个边缘点，可以任意转换、辐射，又都相连着，这“有生无无生有”怎么着也好解释了。

看看，我都想了些什么？我怎么会这么想的？

真的弄不明白了。这样便到了说不清的境界。

据说这是最高境界。但宇宙不止这一个境界。你走不出来，就永远看不见别的境界，就无法进步。我们因而在里面不快活。

不快活是不是可以不要它？

这不仅是我的事而是我们的事。不然今晚我何以会冒出这些念头？看来，大体我们所明白的一切，即使是“有生无，无生有”

这样的问题，都是只看清了其中的某一段，某一截吧。

如果确是这样的话，它可靠吗？如果只能这样，我们又该怎么办呢？

这无疑是更大的问题了。

看来，发明“有生无，无生有”的人，要么是他们也搞不清，要么就是绝顶聪明了：只命题，不分析。这样便永恒、便深刻、便多义、便有生命力、便让后人冥思苦想高山仰止心领神会无所不包……这真是说——说不清了。

这真有意思。

可惜这意思总是原状。仅仅是意思，人类是上不了月球的。

但这是名人名言呵。如果是人微言轻，或者是市井平民心中的念头而并没有形成文字呢？那么它就不存在了？真理会不存在吗？真理有形式。它不仅仅是名人名言。那么，死去或忘却的名人名言不也是很多的吗？

瞧这个人。胡思乱想什么！

其实，最初的时候，他只是想一些他感觉到的，或许也有些立体感的东西。在写之前，他想把一些内容想象成若干年后某个人的回忆，或者写成是从哪儿捡到了一本小册子，上面有什么什么内容，他仅仅是摘录下来“以飨读者”……他半生都在很俗气地构思，构来构去，又都不满意。突然他骂了：问题不在构思，在为什么会这样构思？它产生的原因是什么？历史的、个人的、社会的……问题还在于又为什么会不满意？他在这个夜里很烦，刚刚看完一盒解闷的某国描写特种部队的录像带，拿起一本什么诗歌刊物来看，上面正在讨论据说有探索意味的“简单的诗”。他看不下去了。还不如自己写点什么。他想。于是他注定搞不成那种人五人六的文学了。

他栽在这个说不清的层次上了。

他在说不清中和许多人一样，觉得虽然如此，还得活下去。有就得生“有”，不能去生“无”了。

他终于想累了，也写累了。终于悟到这篇文字没有写出他想写的万分之一。他很想啰啰唆唆再写些，但担心别人不愿看。原来，他不仅有功利也有框子呵！

写作就是功利。最天经地义的功利。人总得找到一种挣钱的方式生存不是？至于高卑，那是另外的话题。

他终于决定要另外做关于功利的文章了。他要真实地解释自己。这样一想，他明白了——才思是不会竭的。文章是写不尽的，仅仅一个题目，就可以一点一点地联想下去，分析下去，扯开扯开，那么也就可以不停地写了。想不清就写不尽。他这时的确佩服那个说“有生无，无生有”的古人了。

不想了。但不是不愿想是留着以后再想。从还未累死的意义上说，他半累了。

但却不是“无”。

这也许还是个征兆：从此不想。他格外警惕。因为有人巴不得所有的人都不再思考。

但总有人会想，总有人会再想别的什么。比如说想从此不想一切问题或不许别人想任何问题。就像他偏要啰啰唆唆重复这些他已经预感到危险的话一样。

这里面有很多的原因。

对于事实来说，复杂的只有原因。

文学的形象之所以长久，就在于这些形象的形成和发展不是一种原因。生与死与爱，都有各自的，各自中又各自的原因。

那么只有原因才值得想值得写了？原因的意义在于它能使后来的过程有了希望而产生了价值。人在原因面前才能“更上一层楼”。

不能以“过程”为借口就停止思索。

过程是不是也诞生于原因？而且不止一个原因？

遗传学、宇宙学等学问原来是原因的胜利啊！

上帝原来不是造了人，是造了“想”。

那就只好想下去了。

这话可没半点儿无奈的意思。

可是今夜，他真的不敢再想下去了。他已经看见无止无休的思绪涌来了。

更行更远还生[1]——致友人的信

又是在远方。灯下。早来的夏天带着不易察觉的重复。但同样的星空却有着不同的意义。过程的含义也许就在这里了。

归来的万里倦尘已经离我而去。桌上，你在几天里写的三封长信静静地拆放在台历旁边，如同我若干年来说不清的心境。这样的内疚不是一回了。虽然绝不是“正人君子”的我们（魔鬼加不安定因素？）常常自以为只要出于无奈，就无所谓对不对得起人，但在这样的旅途归来，生命显得格外平和，人似乎只能做一件他所愿意做的事，只想说些什么，在心底。为你，为朋友们，也为了自己。

但愿这样的信是最后的了。

这一生，也许没有人比我欠的债再多的了。走过那些路，在那样的感受中生活过而人们又无法给其下结论的人，大约都会这

---

① 唐李煜《清平乐》云：“……雁来音信无凭，路遥归梦难成。离恨恰如青草，更行更远还生。”然吾意岂止离恨？

样。因为他能给予别人和别人所能给予他的，都不会是一般意义上的体验。有的人总是没法像许多人那样活得沉重和轻松。别人有时间，有兴致，可以也需要做很多的事；而他们把日子简化了，选择了内心里相对自由自在的勤奋，这样的人很少。但很难得。它使我想起非洲丛林里一位独自与黑猩猩相伴了二十多年的女科学家。她来自繁华疑惑的都市，却选择了这世上仅仅属于她的生活——为了探索人类衍化之谜，她从二十岁起就来到虫豸出没、生存条件险恶的原始森林里实地研究与人类最为相似的黑猩猩。每个人只有彻底听从他（她）内心的呼唤才真正是他（她）自己。这是唯一的是非。但是，也许没有人知道，在我们脚下的这块土地上，这样做的“代价”却是舍弃我们本来应该有的踏实。阳光同样照耀着这样的人；谁都有三四十岁时不抓紧就一去不复返的比任何人都强烈，都胆大妄为的七情六欲。面对它的失去，同样会掂来量去，困惑痛苦，几多回想说：图什么？不干了。受不了啦。和别人一样生活不也蛮好吗？我们变得连自己都不能理解自己了，却还妄称是有知识的社会中坚。……很久以前，在没有坚定起来的时候，我们不也曾萌发过获得钱财、权力，争取出国、宁静、名声、舒适和虚荣的欲念吗？从身边流过的旋涡污染着人，也冲刷着人。命中注定的，就像多年以前在往事里做过的那样，既然不愿浑浑噩噩，也就无法更多地去想自己，去想别人了。心甘情愿地去追索学生时代失去的迸发，这过程本身也异化了它的献身者。只是现在比任何时候都不再需要慰藉了。就像过去从来没有叹息年轻时走过的春夏秋冬一样。无论它有多少还能否记起来的初衷和承受，往昔的命运都是自己选择的，不存在怪罪任何人的理由。青春，无所谓耽误，无所谓不幸；所有的人年轻时都有过自身的考验和丰富，每一代人都不例外。人之所以为人就是这样开始的。只是如何定义就是了。

幸运降临每一个人身上，和挫折一样，似乎全是盲目的。忙碌，“自私”，我行我素，越是这样，越有人能理解你，帮助你；即使生气，也是深情。这似乎有些奇怪。但走着自己的路又有一往情深的思念，人就自慰没有在这世上白白活过了。烛光在夏夜的风里亮曳了一夜，三封长信都是你在我生活的城市里写的。寄出时，我在海南；收到时，你却回羊城了；字里行间的焦虑、切盼和宾馆里那无以言状的灵魂同样在我的生命里颤动。我不知道，人类生存中这样形而上的悲怆有多少。短短的三十余年中，它却一次又一次地让我遇到，留下沉沉重重的扼腕责叹。如果有一天，还能见面的话，我真愿意像你信中所说的那样，让谁“恨不得”狠狠打一顿。那是一种幸福。这个人在你千里风尘仆仆赶来时食言而去（你是怀着怎样急切的心情啊），已经永远给你留下了他也曾有过的那种等待、希望、失望、乞求奇迹出现的折磨，即使自责，又能解脱几分之几？许多事都是很久以前的了——路的茫然，感情的潜流，莫名的思念……直到今天也说不清那些煎熬的逝去，直到心灵像堆满山石的河溪的这个年纪，都依旧记得刻骨铭心。我不止一次地担心这天性会毁了自己。

但当时我不得不走了。走得好远。

有些话不是仅仅说说就算了的。对那些始终不渝的朋友，这一生总要负点责任。海南的友人需要我——为此是真诚，答应等你也是真诚。这是人类无法克服的悲剧。不说了罢。对眼下流行的许多概念无法透悟的个性现象，说得越多越蠢，统统无用。

天是渐渐地热了。但在夜里，很少有人还能体会到白昼的烦躁。当温情鬼鬼祟祟地涌起时，我时常想起那个多雨的、普普通通的夏天。小城里，每到这个时候总有一种湿尘的味儿在雨后的街面飘临不去。那时，我还是一个固执、孤僻，读得多做得少的工人。个性中免不了做作、模仿的痕迹。那是一个崇尚苦行僧的年代。许多和我一样自信而犹豫的“大革命”孽子都成熟在这段还未脱去学生味的茬口上。似乎只有女孩子们懂事了。也是六月，别人都去看望一位生病的朋友了，我却自以为是地觉得未免“俗气”。既然有人去了，不就代替我了？大约不再需要我做什么了。朋友之间彼此需要的难道不是别人所不能给予的什么（真够“左”的）？几天后，在周末匆匆的人流中，那间现在肯定已经消失的古宅前正冒着剃头挑子的炉烟，我偶然遇到了这位友人的女儿。她正欲到医院去。出于面子，不好不跟着去了，我便顺便（多虚假、冷酷）也去“走走”。半道上飘起了积阴了很久的凉雨，教堂遗产的医院异常冷清。我的朋友靠在临窗的病床上，一身灰蓝条纹的病员服，憔悴得似一个操劳养家的中年人。坐了多久，谈了些什么，后来都模糊了。只记得我很快就说有事，要走。

他欠起身答应了。他比我年轻，经历得少，自然让人觉得这是正常的脆弱。但在病房门口，忍不住回头看一眼时，我却默默停住了。那双眼睛刚才一定在一直送着和他匆匆告别的我。复杂，深切。待我回头，病床上那道和我一样孩子气又成熟关切的熟悉目光就被忍着的泪沾黯了，沉重了。忍着，我们忍着，看着，忍出彼此会心的苦笑，苍凉地交流着……那个时代对几本书的浅尝的模仿和做作从此褪去了，余下的岁月是自己的，没有解说，没有显赫，平平常常一个开始就意味着不会结束的永远信任的时辰。人生有这样一个时辰就够了。这天夜里，比他更加心竭力疲的女孩子拖着身子走进我栖居的工棚。坐着。沉默。许久，她似乎是随便地这样说："知道什么叫理解吗？理解就是所有的人都不理解你时，他（她）理解你……"从来没有人对我说过这样的话。半亮的阴影那边，雨意从开着的木门外刮进来，黑夜无尽无期，就像历史的心和人的心同样永存和复杂一样。一个试着我行我素的默默无闻者突然知道被人尊重和爱着会有一种失落和感动。"不管有多少人去看望他，他只盼望他想见的人去。但他不说。反而安慰我，说你一定很忙。不忙了，会来的。"人世间，女人有一种哭比男人要坚强，就像冬天的厚厚白雪上那些饱含生命的赤条条枝蔓一样。她眨眨泪眼，摊牌似的平静。这个夜里，她似乎打定主意把想说的话全说完："我不嫉妒。男人之间的感情比男女之间的要美。是吗？"她问道。其实在这以前，我何曾为她的——我们共同的朋友做过什么？散步似的顺便而去，匆匆就走。只在回首告别的那一刻才真正感到悲凉。回想起来，天生不会安慰人的我，十几年来过惯的无依无靠的生活无非教会了我劝谁都是那句话：别多想，一切都会过去的——说完也就完了。

“可他哭了。我从未见他哭过。当两个男人忍着伤感，淡淡告别时，我什么都体会到了。”

她扬起头，甩了几下黑发盯着灯影对面的孽种。发了霉的屋子里，便从此留下了这种理解透了就笃定安详承受的话音。

那一刻，天知道我怎么还想骂人。骂自己，也骂他们使我输得太惨，时至今日心里想起来就难受。

不是人人都有这样的时刻的。不是人人都会遇上这样的朋友的。她一定想了很多，很复杂。能用尽力气得出这么单纯的答案是值得的。她不是那种遇见荆棘就不愿跋涉的人。虽然也许再也不会见到她了。见到也没什么好说的。但却总是忘不了那个小镇的夏夜。哦，再无动于衷的人也得想想了。她走了。很久我才明白，如果不是有过这样的一个不会再有的女孩子，我的生命中一定会缺少些什么。虽然一切都过去很久了。

什么事都压在心里似乎并不好。但说吧，不合性格；不说呢，又招致误解。活着太难的时候，只好随它去吧。人在命运中，有时只能在失落一个个遗憾的同时向前走去的。

她的朋友渐渐好起来了，渐渐可以说出各种深刻的感觉了。昔日海阔天空的交谈都成了沉甸甸的短句。有一天，他谈兴很高，似乎漫不经心地告诉我：“从前，你说你们挨整时，被关在学校伙房后面的小贮藏室里；病重了，在插队的土屋里没人管，夜里，只听见狗叫，深山静静的，这时，你感觉到死是怎么一回事了。有过这样绝望的时候，以后再遇到什么也就那么着了。我听了只是使劲地想象。动完手术那天，躺在病床上，深夜里醒来，黑的天，白墙，白床，像在冷寂的停尸房里。我睡不着，胡思乱想，觉得自己还活在这世上怪奇特的，时空、宇宙，全他妈神神秘秘的，我就好像有了那种感觉。”……

黄昏深重了。我缠在这些话引发的思绪里走出医院，在几乎无人的枫树下等车时，感到一种用什么“爱”之类的词无法解释的价值。绝对说不清当时的感觉。但肯定无疑地不是人走茶凉，容易忘却的人际交往的现实。不是互相利用，相互熟悉，街坊邻居似的融洽、客气，不是一时欢乐或没有欢乐的虚虚伪伪的短暂和空壳。或许这是上苍命定的让人毁灭又绝不会消亡的一种永生的情绪？时代尽可以落魄，但它依然存在。当你诅咒它，感慨它，无力发现它时，它照旧在蓬勃生长。生长在为精神不死而执着追求的并肩同行的跋涉里。那时，即使其中有的人死了，走了，你能忍住悲痛凄清不去想他（她），但只要你活着，只要碰上不愉快的事，就一定会想起他（她）来；当脑子空下来的时候，那样的中午那样的夜，那样的街灯那样的曲子，都会使你心沉得凝望什么地方，久久无言。他（她）的身影容态，你的感情，在那非梦的心中深沉地流过，无声无息，无波无澜，却比世界还要确切。房子、树林、河流甚至山，会历尽沧桑，面目全非；你所从事的工作，冥思苦索出的道理，自我感觉良好写出的书，会时过境迁，毫无新意——唯有心与心的相依、思念，其分量、魅力、极端的苦乐悲喜，岁岁月月，永远新鲜，长存。你走过这样想到尽头的黄昏，从此就不会再羡慕任何人。不怕任何疏远和最不能容忍的背信弃义。即使只剩下你一个人，由于真诚和不懂“世故”被砍得伤迹累累，身败名裂，你也觉得自己活得不坏。蛮好的。除了也许同样是出于对青春对自己的责任和感情所心甘情愿去做的事以外，有这样不必有结果仍想去冒险的富有的深情在血性里，你不会再需要什么了。

即使仅仅是记着。还能记着，又并不苛求，就还不算太老。没有老也不会老。这就是你。

每一个真正的人都懂得，心的神契远远不是语言所能表述的。

如果再听见父辈们（我也是父辈了）谈起那些昔日里相濡以沫的朋友、战壕里的兄弟，我将不会仅仅听听而已了。我理解了他们的深情，他们的怀念。有一种回忆绝不是对逝往光阴自欺欺人的叹息，不是僵化与守旧，而是对悲壮的热爱和对希冀的执着，如果你承认美是古往今来地存在于人的本性中的话。这种美，不仅仅是钱财的掷出与收入，不是互为利用的所谓情义，是为着共同的生存，活下去，挺住，互相搀扶着一步一步，一天一天向前走。它不像有些岁月，死了的就死了，去了的也就去了，照旧习惯于没有悲欢地活下去。这不是感情是行情，更非本能。

可是在二十上下的年纪里，当“代沟”成为不被人深思的口头禅时（现在我知道所谓“代沟”是不必大惊小怪的规律了。它那时也不过是年轻者反对束缚和框子，而长者不能理解时的必然），我曾和一位朋友的父亲激烈地争论两代人的功过是非，还颇为自己挖苦的尖刻而自得：是的，这一代什么都不如你们。但正是你们巴掌大的青春造出了什么都不如你们的“垮掉的一代”。然而很快也就明白了，人的感情极其复杂，世上有许多东西你都可以诋毁，唯独不该诋毁青春。无论是谁的，无论已经有了什么钦定的结论。就像我们今天也为自己的青春被胡涂乱抹而深深忧郁一样。这绝非一代又一代人的敝帚自珍，也不是怕伤了谁最深刻的神经。不尊重别人就意味着不尊重自己。当一个社会保不住一个普通人的权利时，它也终将保护不了任何层面的其他人物。千年风云，洞若观火，这难道不是我们亲眼看见的至理吗？一个至今被忽视的、不摊到自己头上就绝不愿承认的至理。

现在来说什么为理想的快感和感情的坦诚似乎可笑了。然而在世上要成就大器而非小本生意的事业，没有一伙人为着共同的目标一起努力是不可能的。真正这样做着，人的关系也就正常多了。因为有了共同的准绳。当今的多元是一段复杂的过程。它的走向必然是社会分化成一个个更团结更有力量的独立的共体，哪怕它总是短暂的，总在重新组合。我曾经思索过很久：为什么在一些最“个人主义”的国土，事实上活跃的是最浪漫、最团结、最有理想色彩的人群，因而也最单纯，最有想象力和创造力呢？

以往的中国该诅咒的是专制，是铁器时代的倒行逆施，并不是人的天性。讥笑并不可笑的事情导致的悲剧，我们都是亲身经历过的。被绝大多数人认为可笑而不屑一顾的问题往往是真正值得求索的永恒真谛。它永恒得几乎不可能有答案。正因为如此，它成了超越时空的人类发展的不朽动力。

许多事情过去了，还会遇到很多事情。大约是铁了心“就这样了”，抑或是有什么深深扎根在骨髓里，人倒反而不会常常被琐事触动了。感情的冲动如果不是飘浮的云，事后必将被执着的思念所代替。我知道，无论你用什么理由向别人和自己解释这是一次出差，烈日下辗转奔波的辛劳，在心底里都是为了一次期望已久的相见。我还能再说什么！遥望星空，只有蛐蛐的叫声在沉寂的午夜陪伴着我。也许，这封信是你的真诚连同卡夫卡的命运催发的，它也许很快就会合上。刚刚读完《怪笔孤魂——卡夫卡传》，对自己，对别人根深蒂固的渴望和失望便一起袭来了。气质、个性、环境、学识，使人永远无法理解人。但从另一个意义上讲，人所要求的理解是不是太高了？超出了上帝所给予的界限？承认它，也许并不意味着放弃人并非不能达到的痛苦希望……

中国当然不是欧洲，但东方和西方生活着的是同样的人类。卡夫卡所拥有的支柱，我们应该也能得到。

来日恨短。世界很大。但我却没有和你一样的“要是在学生时代认识就好了”的愿望。在故乡的那片土地上，许多人都经历过说不准在那个年龄该有还是不该有的悲欢。已经好久不去想那些和真情同在的恩恩怨怨了。偶然看到人们后来各自的生活，无所谓地遗憾过一次就该忘怀的了。

南国夏长。青山不老。好自为之。眼下，最值得做的事是保重身体，微笑着活下去。

第三辑

以大陆的力量
——感受凯尔泰斯·伊姆雷札记

1

二〇〇二年人类文学理想的火炬与鲜花，献给了生命的大陆，心灵的大陆，艺术本质的大陆。

奥斯维辛的幸存者凯尔泰斯·伊姆雷，在接受这年的诺贝尔文学奖时，从他生命的大陆，带来了这样沉甸甸的果核——“首先”，他开场就说，“我得以不同往常的愧疚心情坦率地承认：从登机来斯德哥尔摩接受诺贝尔文学奖的那一时刻起，我就习惯性地感觉到，仿佛有一个冷静的观察者紧跟在我背后盯梢。甚至在这个特殊的场合，当我处在你们注目的中心时，我仍然感到自己更接近那个不动情感的观察者，对于这个喜不自禁的获奖作家，这个突然在世界各地拥有广大读者的作家，则觉得比较陌生一些。我希望，有幸在此发表演讲，将有助于消解这种二重性，整合我自身内部两个分裂的自我。”①

这样真诚、自省的话，不是任何获此荣誉者，或所谓文学、文化、精神中人，都能说出的。

一百年了，在斯德哥尔摩颁奖的炽热气氛中，终于有了这样冷静、朴素的“异质”——因为就在这样的时刻，掌声与乐曲回荡的厅堂之外，世界的苦难依然深重；古老的、现代的罪恶都正在频频发生，人类还没有任何理由懈怠和乐观；精神的、艺术的使命任重而道远……

凯尔泰斯深知这样的真实，也深知人类所有真正荣誉的内涵。

“做出颁奖的决定，需要勇气和决心，请允许我这样说，邀请我到这里来也需要勇气和决心，因为，我在这里要说些什么，是不难猜想的。企图种族灭绝的‘最后解决’的行径，集中营囚徒揭露的真相不能被曲解。保存创造力的唯一的幸存方式，是再次意识到这种零点状态。……它唤醒我们意识到我们的生存状态的确定事实，意识到我们每一个人为之承担的责任。”

保存创造力的唯一的幸存方式，是再次意识到与所谓成功、荣誉并无关联的苦难与写作的“零点状态”。这与其说是一个生

① 文中有引号的句子，均为凯尔泰斯·伊姆雷的原文。引自《宣誓声明——一个真实的故事》（《书城》2002年11期，黄灿然译），《谈大屠杀》（同上，陈春敏译），《爱是最重要的——凯尔泰斯答德国法兰克福报2002年10月13日的采访》（同上，但未注明译者），《谁的奥斯维辛——1998年在奥地利维也纳大学的演讲》（《文汇报》2002年10月31日，李震译）；其他作品，如《苦役日记》、《我发现了——在2002年诺贝尔文学奖颁奖大会的演说》等，则来自友人寄赠的下载于国外一些中文电子杂志的打印件。

命向外的告白，不如说，是自己向内的独语。是一个不可替代的优秀幸存者的灵魂挑战。

“零点”就是纯粹，就是责任，就是源头，就是剔除如今已经厚厚裹蚀住写作本质的身外油腻，还原其荷马史诗当年的精神初衷。

“这个国家近代历史的阵痛，它教给我的，不仅有辛酸和悲哀，也有了不起的道德潜力。”

凯尔泰斯继续缓重而由衷地说着，也许并不经意，却倏然抚落了斯德哥尔摩此刻的炽热“中心”，以及所连通的全世界的喧嚣。就像这个“不可动摇的人”，这一类“西西弗斯”，早就不在意任何荣誉，并确认，若为此写作就是“一种年迈老人的手淫”一样。

因此，他这时的“喜不自禁”，也就并非是击毁生命、人性的飞沙走石了（尤其是针对那些迷狂追逐名利，又尚未得手，或还嫌不够之辈而言）。当世界“突然”惊呼而出哥伦布一般的对这个孤独写作者的“发现”之声时，对于掠过他生命大陆的林梢而引起的这几缕有限的外在颤动，他只需在已经习以为常的几十年的自我归原、时时警醒的独立存在里，再做一次平常的过滤，就足以校正自己了。

因为他活在自己的大陆里。他只为他所坚信与承担的大陆而生存。

几十年来，那儿早已树木参天，沃野葱郁——因此（请深思他的用词），当他如今面对巨大的承认与荣誉之时，也只是“习惯性地感觉到”，“仍然感觉到……”，或“以不同往常的愧疚心情坦率地承认”，“则觉得比较陌生一些”，就足以“有幸在此发表演讲，将有助于消解这种二重性，整合我自身内部两个分裂的自我”了。

这可不是东方式的“谦虚”“作秀”，也不是随口而出的可有可无的声音。

这是血的凝聚，生的奔流，是苦难从第四纪冰川年代一直盛开到现在，已经十分罕见的心灵之花；是一个人几十年来，在现代社会和专制政体下时时承受的极端矛盾、苦闷、沉痛的自我战争的艰险继续，也是深思熟虑的炉火百炼而成的几枚看似不起眼的晶莹——她们背后的信息量、含金量是巨大的，怎么想象都不过分。

多少能够触摸、理解她们的人，幸运而有福了。

2

人性是充满弱点与缺陷的。凯尔泰斯·伊姆雷也不是生来就是他的大陆的。同样的当代人，同样的意识形态体制与屈辱的历史，他的煎熬、撕裂，当下的中国人应该能够感同身受——凯尔泰斯·伊姆雷有幸战胜了这一切。他在斯德哥尔摩的独语所呈现的，只是自我战争之后，遗留的几架马骨和被荆棘挂住的残旗。只是这年头，流行的呛人漠风，冒充湿润的俏风，一阵紧接一阵，漫坡刮着遗忘，也刮着晕熏——使频频光顾当代的时髦“弄潮儿”们，已经很难探寻这些独语深处蕴含的金脉一般的生命矿床，也很难隐隐发现那些同时代的许多人难以想象，或也许跃跃欲试，但最终还是秽手遮面、嚅嚅而逃的地火与永生了。

但这样的演讲，这样的生命与心灵，对于走在精神险路的人类执着者来说，所传递的巨大而深远的精气、力量，却是过去与现在的中国文化所不能比拟的。

她因此而与文学艺术真正般配，与文化、精神真正同值。

凯尔泰斯从奥斯维辛与意识形态专制的双重摧残中，从自身“整合”的熔岩裂缝间，从那常人看不透的疼痛深渊里伸出来的苍劲双手，与他所接住的人类理想的火炬与鲜花般配；与“我不动摇地写作。我写作不是为了取得成就，不是为了肤浅的目标。我不做任何妥协。我有自己的目标，我只追随它”的自救之律般配（而当我从中还感受到扭曲与无奈时，不禁同时为人类文明“弯道”的见证而痛心）。

而这样的般配，又与血和火、谎言与迷乱的二十世纪，多么对称！她同时昭示着：人类需要怎样的不屈、抗争、人道和文明的重建，才能与苦难和罪恶匹敌，人类才因此而有希望，个人也才是个人！生命才算真正地不枉在今生今世活过唯一的一轮！就像如果肉体是珍贵的，人就只能绝不虚妄地用她做出有意义的事情，才对得起血的奔流、四肢的存在，也才配得上珍贵一样。

青春、爱情、心灵、天赋、才华、美，事业，以及人的本质是“一棵会思想的芦苇”，不也如此么——否则，谁能保证诸多看似美妙、合理的词语和概念，不是卑劣或有意无意的谎言、借口和空话呢？

二十世纪，这样的谎言、借口、空话，我们已见识得太多太多！但更严重的是，一切仅仅是“见识”吗？我们是旁观者吗？我们有可能是旁观者吗？在意识形态专制的“全面专政”里，根本就没有所谓介入不介入之说（这样的伪问题、伪争论多如牛毛），因为你就生活在其中，你的先天与后天早就命定介入了。逃避也是介入，抑或是变相的帮凶。因而在普天之事，莫非王权的社会境况里，没有介入不介入的问题，只有怎么介入的良心之择！

我们甚至没有资格像凯尔泰斯那样指责强权者。因为哪怕是在日常的琐事里，我们不也自觉不自觉地正在以谎言、借口、空话生存吗？它们已成为我们的第二天性。而更可怕的是我们与我们所反对的强权早已这样一丘之貉，却仍无知觉。

人的精神，必须与人性的悲剧、苦难、虚无与美般配，必须穿透人所置身的时代而与精神本身息息对称——也许，这才是诺贝尔先生遗奖时，死不瞑目、望眼欲穿的生命本意。也才是凯尔泰斯的“一切都为我而发生并通过我而发生，而当我的旅程结束了，我终将理解我的生命”的自箴本意。

3

经受住了几十年的血与火、谎言与迷乱，也经受住了世界注目的火炬与鲜花的凯尔泰斯·伊姆雷，在这样的“整合”之后，更加深刻理解的是：人类的一切暴虐，并非仅仅来自他所亲历的暴虐的奥斯维辛。

“它始于奥斯维辛，仍然在我们的时代继续发展。我的意思是说，奥斯维辛之后，迄今为止，尚未发生过什么足以根除或杜绝奥斯维辛的事件。在我的作品中，纳粹大屠杀从来就无法用过去式来表现。”

“今天的哪一个作家没有带着大屠杀的印记？我的意思是说，一个作家无须选择大屠杀作为直接题材，我们也可以听出几十年来深深伤害了现代欧洲艺术的断裂的声音。我要进一步说，我不知道，有哪一部真正的艺术作品没有折射出这一断裂。好比一夜噩梦之后，你环视周围的世界，全都被击溃了，简直无可救药。大屠杀这个复杂的问题……我从来没有把它看作一次性的越轨行为，看作只是一去不复返的大规模集体迫害……”

“现在，唯一值得深思的，是我们要从这里走到哪里去。”

走到哪里去？……人类的、民族的十字路口，永远险象环生，陷阱万种，就像当年德国人不幸用手挽手的选票拉起了奥斯维辛的铁丝网，也挑烈了世界的战火一样……

然而，如果凯尔泰斯几十年的写作，仅仅记住的是奥斯维辛的仇恨，仅仅“是共产主义的匈牙利，是‘繁荣昌盛’的社会主义”之史无前例的巨畸的话，那么就像他自己所说的，“在不知不觉中，自己已经用一种相当野蛮的方式说话和思考了……当人们被关进一个兽笼时，就会被迫用野兽的方式来进行斗争”。而这样，“人们就根本不能再成为自己想成为的人”，而二〇〇二年的斯德哥尔摩的火炬与鲜花，也就又一次失衡、褪色了。

幸运的凯尔泰斯·伊姆雷，你孤独地超越了人被动于时代的惯例。你不是专制御用的癌瘤，不是与罪恶同进退的看似对立，却仅仅是争斗而毫无建树的时代陪葬品，更不是你所痛心疾首的苦难被商品化、消费化、符号化、文件化、决议化、“风格化”、特指化的沉默者和助纣为虐者，也不是苦难被滥用、被伪造、被偷窃、被欺骗、被泯灭的利用者与暗合者（甚至《辛德勒名单》也在你的驳斥之列）。文学是文学自己。她自有深远，自有本质，自有生命力。“对集中营只能用文学的词语，而不能用现实来想象”——那样只会像中国电影中类似“文革”的消费细节一样，一切都随着孩子们被“逗乐”的荒唐哄笑而雄赳赳、气昂昂地继续蔓延着荒唐……凯尔泰斯·伊姆雷，你以生命的大陆在介入一个时代。你自己就是大陆，因而你的创作才不是中国式的“伤痕”“反思”之类的急功近利的沙石和过眼云烟的凭据。我们的反思和伤痕被截流了，你却用你的那些故事，那些感受，那些思索，那些人格，开启着世界的视野和永恒的读者（“哪怕只有一个这样的读者”——你说）；你要钻探的是人性未卜的海底，是所谓时代变幻背后的共性；你将奥斯维辛与意识形态的匈牙利，一点一点地剥开，就像在挖掘由甲骨文和鼎鬲所刻写，或被庞贝古城冷却的火山灰厚厚覆盖的人类多舛的命运一样……你的那支笔是深处的探测器和掘进机，你相信时间与漫长功力的公正；你知道你所环视的世界，不仅聚拢着人类的过去与未来，也可以不必注释地就对应曾经“社会主义阵营”，也曾经“无产阶级大家庭”的古老东方，以及我们至今尚未真正辨识、清理的所谓多元的、当代的“这里”。

…………

一部不断地前功尽弃，不断地精英和百姓、富人和穷人同归于尽，又不断地“待从头，收拾旧山河”的惨痛历史，以及一幅就在眼前的重重危机的社会画卷——这样的人为悲剧，难道不值得我们自己的凯尔泰斯·伊姆雷秉烛夜书吗？难道不是再多的凯尔泰斯·伊姆雷也罄竹难书吗？

可是，古老东方的凯尔泰斯·伊姆雷，又在哪里？

4

在凯尔泰斯那里，作为人类苦难的标志，奥斯维辛是属于全人类，属于所有有形与无形、或软或硬、或直接或间接、或精神或肉体的“大规模集体迫害”的，就像它也存在于几十年非人的匈牙利的社会主义意识形态现实之中，以及连自己的孩子也不敢要的凯尔泰斯的个人生活里一样。命运逼迫着凯尔泰斯非忠于这样的真实不可，非掰开血腥的茬口不可，于是，世界得以看见了类似“龙”的历史之痛——原来匈牙利“革命的胜利”，竟然不过是奥斯维辛的同种变形。

“至少五十年间，自从我的国家进入与文明世界的战争，尤其是与它自己的战争以来，自那时起……那块土地上的每一条法律，无一例外，都是不合法的……我的耳朵从这问题的背后，辨认出（纳粹）长筒靴的咔嚓声、政治集会歌曲的刺耳声、黎明时分门铃的叮当声，而我眼前则浮现出铁窗和带刺铁丝的围栏……”

如此的“主义”与“进步”，“革命”与“战争”，流尽了无数人的鲜血，打败了纳粹，然而“胜利”与失败，其内质的界限又在哪里呢？

社会主义“大家庭”与“阵营”们（这是二十世纪五六十年代，在“社会主义”国家最时髦也最喧嚣的冷战词汇），从来就何其相似，何其“东方不败”！一个民族在历史的十字路口频频地“知足”、愚昧、“一边倒”（甚至那些留洋的“精英”“城头变幻大王旗”的“代言人”也无例外），屡屡重蹈覆辙，继续血流不止，罪恶不止，灾难不止，不啻是人类悲剧中最大的悲剧！

…………

5

《一个没有命运者的小说》《苦役日记》《流亡的语言》《宣誓声明——一个真实的故事》……除了文学作品，凯尔泰斯·伊姆雷还给予了我们什么？

凯尔泰斯何以是凯尔泰斯？凯尔泰斯仅仅是凯尔泰斯吗？

“在独裁统治下，在一种残酷的、充满敌意的、疏离的文化环境中，我生活得太久了，结果，发展了一种特殊的文学意识……”

“此时此刻，接踵而来的踢踏声，阔步向前的大队伍，使我感到一种不可抗拒的吸引力。刹那间，我明白了自我放弃的欣喜，领教了消融在大众中的那种陶醉感，类似于尼采在有所不同却与此相关的语境中所说的那种酒神的狂喜。仿佛是某种机械的驱动力推着我，拉着我，趋向那无形的行进队伍。可是，我感到，我必须靠边站，必须紧贴在墙上，以免降服于这种磁性的诱惑力。”

“在艰难的人生之旅，在我的这一‘事业’中——假如我可以把文学称为一种‘事业’的话，有某种动情的、荒诞的奥义。离开信仰支撑的精神领域，没有前瞻的眼光和形而上的正义感，就无法思考文学的奥义。换言之，不掉进自我欺骗的陷阱中，不经波折，不触礁翻船，就无法思考文学的奥义；割断了生死两界冥冥中连接的纽带，漠视千百万牺牲者，漠视那些只见过残暴没见过怜悯的受难者，就无法思考文学的奥义。要做一个例外，既一帆风顺，又深得文学的奥义，不是那么容易的。但是，如果我们注定就是时代的宠儿，那就难免与随机性的荒诞秩序共谋。到头来，这种荒诞秩序统治着我们的生活，一支死亡别动队露出怪诞的凶相，把我们裸露在不人道的权力之下，裸露在可怖的暴政之下。”

“当我想到所有这些现象如何日复一日、年复一年以类似的方式重复时，我洞察到恐怖的机制，我终于明白了，让人性反过来自我作践一番，是如何成为可能的事情。”

“但是，我不想把这种体验归类为一种艺术的‘天启’，而是视之为一种存在的自我发现。我从这里赢得的，不是我的艺术——艺术的工具那时还不是我之所长——而是我的生命，我近乎失而复得的生命。”

…………

（请原谅我过多的引用。在反复斟酌之后，我深深感到，还是诚实地引用吧，哪怕被视为行文之忌。因为任何改头换面的“意述”，虽然表面看起来，更像是“自己”的文章，但却是极不诚实的，也极其难以如凯尔泰斯的原话那样，精确地一语中的。）

凯尔泰斯这样的人格，这样的感悟，西方的萨特们是难以摸着头脑的，东方的大江健三郎们，也难以在冤死者的墓前停留沉缓的脚步，就像有着五十年国家恐怖主义恐惧的东欧诸国，一反法、德等“老欧洲”之制，转而支持美、英铲除暴虐的萨达姆独裁一样（这至少是很重要的原因之一）。

因为萨特们、大江健三郎和“老欧洲”们，不曾有过“被施加催眠术的大众”，不曾有过几代人的“那种使得你没有个性没有命运的历史”，也没有在他们的一九五七、一九六八年的“风暴”中，轰然响起碾着血肉，隆隆冲毁手无寸铁的民众的坦克炮火——他们没有像凯尔泰斯·伊姆雷那样“惊恐地发现，在我从纳粹集中营回来十年之后，走到人生中途，仍然笼罩在斯大林主义的恐怖诅咒之下。我所经历的一切，只留下一些污浊的印象和传闻”！

没有——由于常常没有着什么，人间被割出了质的鸿沟。

大事、小事，无不如此。

然而，同属于社会主义大家庭与阵营的阿赫玛托娃是会理解的，帕斯捷尔纳克会在忧郁的深渊里致意。傅雷和储安平们，会在哭不出的噩梦中惊厥——因为在二十多年后奥斯维辛东方化的摧残、侮辱中，人们只能生存“在这种保持一致的烂泥潭污浊的底层”，“要么放弃斗争，要么寻找通向内在自由的曲径”。

（如果难以计数的傅雷和储安平们，在自杀前知道凯尔泰斯已经像大陆一般存在的话，是否至少会咬紧牙关活下来？）

然而东方的受难者们没能找到通向内在自由的曲径。更多的人，不是选择放弃斗争，而是选择了助纣为虐因而得以分得一杯羹的方式活了下来，活得振振有词，好不得意，积重难返。然而如果历史走到今天，后人还想超越前人，活得更是人而非自觉不自觉的奴才的话，如果在当代谁还有着个体尚存的独立时空，还能以汲水白鹿书院的深远心态，默默地感受凯尔泰斯·伊姆雷的话，也许就会渐渐积聚起这样的“天启”——要找到“自由的曲径”，在极权主义全方位、全遮蔽的重轭之下，作为个人，你就必须是一个大陆，一个自生自给的、生命与心灵的大陆。先有人的大陆，后有艺术的大陆。只有个人大陆的独立内涵和自由力量，才能与置人于死地的全方位、全遮蔽的重轭抗击，从而熬过精神的、肉体的灭顶之灾。

因为匹敌才能再生，临界才能顶住并向敌方推进。其余的一切，都是靠不住的。

没有个人生命内涵的真正独立，自由就往往不过是借口，不过是欲望可以相对通畅地被四面八方勾引而已——在精神的深处，在作品之外，凯尔泰斯·伊姆雷的劳作这样启示人们。

启示着自由与独立，对一个生命来说，至少是同等重要的双翼。

…………

6

“自从奥斯维辛以来，我们更孤立了，许多事是明摆着的。我们必须靠自己创造价值，必须一天一天地以执着的人道工作来创造价值。我们看不见的努力，最终将赋予这种价值以旺盛的生命力，并且有可能为欧洲文化重新奠基。”

在凯尔泰斯·伊姆雷的才华与智慧的石扉上，铭刻着这样的开启之碑。

有力地，褴褛地走近……终于能来到石扉前的“龙的传人”是幸运的。因为回头看去，来路上那逶迤的、曾以为永远穿越不过的沼泽地里，艰辛的脚印与阴冷的瘴雾依旧混杂难辨，看不到边缘——

“一种通过暴力达到不加限制不受妨碍的独裁统治的政治，将会造成可怕的破坏，假如不是对人们的生活和物质财富产生破坏的话，那就会对人们的心灵产生破坏。破坏的工具叫作意识形态。在二十世纪，一个价值失落的可怕的世纪，一切都变成了意识形态，而这一切在某个时候造就了一种价值观。”

“最糟糕的是，那些从未体会过文化的大众，将意识形态也当成了文化。”

这是在说哪儿？仅仅是匈牙利吗？所有的“社会主义阵营”和“大家庭”们，不是何其相似乃尔？

再重复一次绝无多余：“最糟糕的是，那些从未体会过文化的大众，将意识形态也当成了文化。”

7

“二十世纪专制体系的作风就是，将个体铲除干净，迫使人们挤到巨大的集体的围墙边上，人们马上就能认出来的显眼的名字被钉在墙上，打上特权阶层的烙印或显眼的标志。”

“发端于外界的某个处所”的重重围困，是每个人、每个艺术家都熟悉的，凯尔泰斯也不例外。

但他却在当年的也是现在进行时的滚滚浊流中，在一九五五年那个可爱的春日，“突然省悟，只存在一个现实，那就是我，我自己的人生。这是惠赠给一个变幻无常的时代的一件脆弱的礼物，它已经被掠夺了，被一种异己的力量没收了，限制了，被贴上标签打上烙印了。我必须从‘历史’中，从那可怕的‘献祭’中取回这件礼物，因为它是我自己的，它仅仅属于我自己，我必须好好照看它。”

然而“这并不是说，这种个人的事应当排除严肃性。不是的，在一个只有谎言被严肃对待的世界上，哪怕写作的严肃性显得滑稽可笑而遭到奚落，也不能丢弃。世界乃是独立于我们而客观存在的现实，这个观念曾经是不言自明的哲学真理”。

在一个谎言的时代，“在谎言还从没有像过去三十年里一样，变成如此一种给历史打上烙印的力量”之际（Sandor Merai，1972），严肃性不言自明——这是凯尔泰斯·伊姆雷于我们这里“引进”的，而非像凯尔泰斯一样，在重重浓云下自挣而生的所谓个人化写作的区别所在（这一点很重要，因为任何“引进”在我们这里就意味着只取所需的阉割）。因为前者来自艺术本质的大陆，自身生命的大陆，心灵与才华的大陆（请留意凯尔泰斯文字中生生不息的“个体”“我”“自己”等此类词汇）；也深知那儿的原质从来就是严肃的（广义的），也应该和只能是严肃的——否则，“个人化”就有可能只是向着苟且墙角的偷逃之术，哪怕你的语言与机巧，已成了引人光顾作坊的成熟品牌。

依附的墙角与独立的大陆是有天壤之别的。所以，当下种种的“概念”花招亦不言自明。

“从象征意义上说，直到今天我仍无法摘下这一颗六角星。”（当年纳粹强迫犹太人佩戴的羞辱标志）

许多年之后，在自己的大陆，在晴空蓝润的夏暮里，年轻的凯尔泰斯拄着淬过火的笔锄，曾经这样对自己说——那时，他即使已经为后世铸就了珍贵的奥斯维辛耻辱之碑，也没有像东方这里无所作为或助纣为虐地人为遗忘“轰轰烈烈的无产阶级文化大革命”一样，稍稍心安理得。

因为他看见，几声冥冥的清啼，在不远处，正向往一般，飞向隔着河的一树白鸽花。而他的身后，参差的桫椤与桢楠，以及一望无际的灌木藤蔓，都还远远无法战胜街衢上熏着身份、呛着饱嗝幢幢游晃的、不死的二十世纪的怪异图腾……

8

那些街衢就在他的窗下。闹市的喧嚣时时、处处不绝于耳。

因为——“六十年代匈牙利的独裁制度的巩固，几乎得到全社会一致的拥戴”。

有意识或无意的拥戴，就是有意或无意的上下合谋。就像“八亿人都是政治家”的狂热时代和更狂热的钱、钱、钱，唯有钱，以及“怎么都行”的价值迷乱社会一样。

但这一切在凯尔泰斯那里，却不过是“这些来自周围环境的刺激就像轻轻地刮着皮肤的电震一样。用形象的话来说，我得不断地抓痒”而已。

这几乎不是一段语言，她更像一个自成大陆者茶余之后一掠而过的微笑眼神。

在凯尔泰斯·伊姆雷那儿仅仅是“痒”的问题，在十几亿人那里却何以病入膏肓？是同样的体制，同样的“刺激”，同样受缚于此几十年的十几亿人不如此就无法生存吗——在同样的户籍、单位、工资、住房等的死拉硬拽里，“生存”如今被众口一词地谈论得又多又密，因为生存的确是首要的。但那时的匈牙利不是比我们如今的“市场经济”里的多元生存要严酷许多倍吗——原来“生存”，与许多其他词语一样，也早已成为人生“唯物”追逐、扭曲生命并推卸职责和天良的托词了。

一个托词的时代，成就了语言“狂欢”的假象。

但托词不难证伪的。比如，当生存已经大大地不是一个问题时，托词们怎么仍然没有回到人之所以为人的个人大陆的本质呢?

一九六〇年，凯尔泰斯辞弃了记者的“保障”，开始以自由撰稿和翻译尼采、弗洛伊德勉强为生——他说，“一九六一年，我开始写小说已经一年了。我必须抛弃一切。公园中的草坪仍泛着青绿，黄黄的落叶铺在上面，我漫步在这松软的土地上。不远处的一棵棵橡树上依然挂着枯叶，好像是一只只无精打采的手。我感觉，倘若我自己经得起忍耐，奇迹就会来临。”

这是当然！因为这样的感悟和“必须抛弃一切”的言必信，行必果，正是生命大陆形成的标志。生命与精神自古相辅相成。她们是强大的，也是脆弱的；她们极为纯粹，也极为复杂，就像脆弱的南极生态和人为破坏的亚马孙雨林一样，先于个体而存在的历史、政治、经济、文化……早已在每一个生者的脚下和周围，堆砌或塌陷着无数凹凸不平，异化斑斓的障碍，人们早已不得不苦苦挣扎于这样的现实之中——但如此，人们又怎么还能自己再砍伐自己稀有的生命源头的清绿，或愚昧无知地满地抛滚瓦砾和废汽油桶呢?

“必须抛弃一切”，必须省略世俗的芜杂，必须葆有生命与心灵走向精神山栈的潮润——“一个作家头上的天空，毕竟是浓云压低了的；要干这个成本不高的行当，只要有纸张笔墨就足够了。”

这是别无选择的。奥斯维辛的幸存——在苦难与“热闹”的时代，都有幸活过的经历，值得凯尔泰斯·伊姆雷这样选择。

也只能这样选择。

因为现代社会最险恶的特征，就是触角无限地、似是而非地像盗贼一样，侵犯并占领个人的空间与时间，以各种名堂与理由，将其割得支离破碎，不伦不类。且手段无所不用其极，如面子，如惰性，如“过程”，如会议，如“哥们儿”，如宴请，如礼仪……而最拿手的，也许就是试图裹挟、隐匿一切的以“生存”来遮掩的引诱与贪婪。

正是它们，逼迫凯尔泰斯·伊姆雷为了空间与时间能属于自己，不得不以极端的“必须抛弃一切”的、“纸张笔墨就足够了”的是非泾渭，为个人大陆确定最远的边界，最有力的防线，最能连根拔弃心扰、浮躁的战略绝招：简化生活，索要极少，人际纯粹，信息删繁，只需维持基本的物质能量即可——布达佩斯那间平常的二十多平方米的公寓，那些底层的、单纯的生存岁月，以最普通，抑或穷苦的自然生态，茂盛着人类的精神，也成全了一个真正的作家。

因为相对的穷苦，人所有的器官，才更加敏感，敏锐，才真正开放，真正鲜活，真正吐纳，也真正丰富与清醒——人自动地站在了最后的底线与唯一的退路上，就像从逐猎的半空落到了山谷，所需的不过是糊口的稗草，它那么容易满足，也就将节省下来的无数空间与时间，自然而然地还给了写作这个有机的生命主题——主题被厚润地滋养着，又还有什么沉不住气的呢？

人所求不多，所拥有的更少，也就不会害怕失去，不会老盯着身外，喘喘于人生的包袱还不够满身，还不够像屋里的累累家具一样，毫无道理地遮住空间敞亮的视野了。而这样，他也就更有时间、更有精力，更加能够多多益善地向着自己的内心开拓，并宁静于命定的归宿——精神原本就是属于也一直只是心的事业。关闭外界时空的杂乱，心定，心实，心的纯粹比例，有如黄金分割之律（0.618），又何来浮躁可言呢？

大陆就是这样在抛弃中渐渐形成，渐渐强大而有力，渐渐能与凯尔泰斯的信念、方向般配，也与苦难和文学般配，并可以与整个国家机器和腾腾闹市的犬儒气氛相抗衡的——于是后来，似乎不再是他在抛弃许多的东西，而是那些东西越来越“知趣”地退出对幸存者的侵犯与占领，“完全陌生”地龟缩于另外的世界了。

凯尔泰斯·伊姆雷在与对手的临界状态下，挺住并随时推进了战线，这不啻是个体生命也是人类文明进化的真谛。

而这时，也只有这时，写作才是激光而非散光、浮光式的。当所有的小事、琐事、烦事，只要与写作无关，就已被挡在身心之外，或自行跌落，迅疾消逝之时；当一切都是自己的，当自己身心的千军万马，以激光的深刻和强力，集中火力，只向着命定的隘口奔袭时，在开阔地里等待的“奇迹”，又还会辜负凯尔泰斯的纯粹与艰辛吗？

浅薄、无力的散光与浮光之作，热闹是热闹了，但昙花一现也是绝对注定的。

一个奥斯维辛幸存者与无数中国“文革”幸存者的分野，也许就在这里。

就在我们不配自称为幸存者的东方。

9

这是苛求吗？也许是。但在一个非正常的年代，苛求是一种疗救。凯尔泰斯有权这样自己疗救自己，疗救艺术，也疗救包括东方在内的人类希望。

“当他们从头到脚洗劫一个人，然后把他抛弃，使他在陌生的天空下受黑暗的恐吓所侮辱和损害时”，一个人为了成为他自己，你还能要求他不苛求吗？揣着袖旁观人生、艺术的“游戏者”们，究竟应该指责的是谁呢？

凯尔泰斯不是不能富贵，更不是不知“生存”的堂而皇之。以犹太人的血统与文化，他的曼哈顿兄弟早已就不是“以经济建设为中心”，而是自己就是世界财富的中心了。然而这对凯尔泰斯·伊姆雷又有什么意义呢？对别人有意义的东西，最可能对自己毫无意义；对墙角有意义的理直气壮，对大陆就有可能是生命之敌、艺术之敌。因为你哪怕只是羡慕富贵，或心灵得了企盼富贵之疾，你的精神空间也会立即模糊、堵塞、迟钝、单调、不堪重负、旁逸斜出……

而这时，如果天良与才华还不甘的话，说由此而引起浮躁，那就未免太轻了，更准确地讲，它是生命的焦煳，力量的腐蚀，是从头到脚又被洗劫了一遍，且比专制和捧熏你的外力更加无情，也更加彻底——因为这一次你是你自己的刽子手，更知贪婪的要害之所在。

于是，从无数溃疡面的夹缝里忸怩而出的文字，也就注定出手就孱弱、就锈迹斑斑了。

别说百年千年风雨，一年或一场风雨还未下完就过时、霉烂，也就是症结所在，不足为奇的了。

精神自古就是一生的重负。如果你选择了她，也就注定艰辛备至，永远耕耘不完；且即使用尽一生，也未必能觅见一二，若再舍不掉、关不掉他物之赘而步履蹒跚，那么一起步，其干瘪的结局也就可想而知。

而一个人，如果老是盯着所谓环境的地狱患得患失——也包括在地狱深难见底的黑暗上端，自得于足以使人丧失独立与自由的所谓风头、“评论”、“获奖”、喧哗与“入伙”的话（古老的青洪帮国粹的当代文学版），在这样的五光十色的招魂之幡里，哪怕只花费些许光阴——那么，人的生命之光，也就会被地狱恶狠狠地牵引，活力也会因小失大地被抽空了；而抽空之后，心态与思维注定是要七零八落的。

这时，不知不觉之间，在本来属于自己的空间与时间里乘机扎根的，也就只能是地狱的狞笑和踩在时间靴底的萎缩“作品”了。

“如果你长时间地盯着深渊里看，深渊也会盯进你的心里。”（尼采）

这样的精神谋杀与诱杀，是一个险恶时代的本质特征。

呜呼！写作自古多么辛苦。成本之高，无斗可量。早知如此，又何必尝试为之！

10

人是自己的大陆。

一个人就是一个大陆。一个人能成为一个大陆。一个作家——“在国家对文学强加控制和干涉的荒诞而悲哀的时期”，必须自主地选择能够与之匹敌的生命大陆的状态而存在并写作，这也许是不得不做的事情。

如果不是一个大陆，不是一个独立因而才真正自由的大陆，凯尔泰斯可能坚持三年五年，或者坚持某个作品的创作周期，但他不可能拥有几十年，乃至一生的定力，更不可能做出那样的“意想不到”的获奖演说。因为每天早晨醒来，随着阳光而来的，就是人人从小就早已习惯成自然的“约定”，它诱人的无形锁链加上现实的不由自主，十分惯性地，不知不觉就足以套空你的一天又一天，一年又一年……而文化却是绵长的、永久的、偷工减料不得的，这样的本质，早就注定了以自己的文字为其存在添砖加瓦，只能遵循与本质相般配的、必然的劳动规律。因为即使是快餐文化，其前提也是建立在许多年、许多人这样的孜孜劳动的积累之上的，否则，快餐们又怎么能坐吃山空，不顾后人呢？包括那些付账的读者，不也多少是被快餐制造者们所掠夺、所肢解的文化原汁从小开胃的吗？

对手的意义与朋友的最好的作用一样，就是开发了你。苦难开发了人。罪恶开发了道义、智慧与力量，这就是进化，就是文明。就像凯尔泰斯·伊姆雷的奥斯维辛里也有幸福一样。而加缪的一句名言也是——必须将西西弗斯当作幸福的人。

这样的匹敌，正是人、民族、人类进步和超越，并大有希望的前奏与标志。

二十世纪的苦难与毁灭，早就以历史从未有过的复杂、多重、纷纭的状态，以所谓一代一代的繁复，时时、处处笼罩并戕害着每一个人的意识、心灵、价值和尊严了，甚至“已把其邪恶的记号深深烙在我的本能之内”。因此，也早已逼使人生四分五裂的凯尔泰斯意识到，要像一个真正的公民而非变形的奥斯维辛囚犯那样生活，要像一个真正的艺术家而非花招漫舞、实质仍是自卖之奴的文化屈膝者那样“与恶俱进”，个人——就得沉到生命的原点，人的原点，就得以大陆的力量而非山丘、岛屿的存在，与喧嚣、吹捧、“中心”“畅销”们以死决绝（在文化更加全球化的西方，他的书以及极少量的德译本、英译本也皆无“卖点”）！

而如果在原点那儿，在一个个广袤的生命怀抱里，有一片山川又天生鲜润、纯朴、敏感、多汁、丰盛又自由的话，那就是艺术的摇篮了。她们合二为一，就成为艺术家的前提，也是个体生命有别于其他生命的内涵。艺术就是在那儿并那样生长的，因此一切外界的或自身的生态破坏，都不啻是罪恶或屠杀，“在家乡则像个陌生人一样”。

因而，当艺术似乎成了当下中国精神的“荒诞而悲哀的时期”里，尚可喘息的最后曲径时，她也就最应该承担责任，最不能自暴自弃，最不能逃避或充斥任何谎言与托词了。

因为最鲜润、纯朴、敏感、多汁、丰盛、自由，也就最先也最容易受到伤害和找到裸露的罪恶基因——凯尔泰斯·伊姆雷因此而能一针见血！这是艺术的本质所决定的。

然而如果在中国，在全世界，更在凯尔泰斯所感受到的历史与现实、政治与经济，乃至全社会反复践踏而腾起的浓浓云烟里，就像我们所痛心的那样，连属于自己的天赋摇篮也不珍惜，连艺术也堕落，连原点也垃圾、也“墙角”，也臭浊满天而习以为常的话，就如同连格陵兰冰原也弥漫铺天的呛人废气，也滚滚流淌遏止不住的褐浪一样——到了这个地步，我不知道，个人与民族，精神与文化，又还有多少自救与复苏的可能（以“没收”无价的精神文化之高昂代价，所换取的所谓物质增长，一夜之间就付之东流的实例，实在数不胜数）！

君不见，从文艺复兴、启蒙主义到现代、后现代，哪一次艺术的变革，不是来自个人的真实，来自自由、独立的渴望，来自对压迫的敏感，对窒息的反叛，以及对自身异化的警觉呢？形式，则只不过是适应变革的胎衣罢了。

谁说写作不应该承担什么？是人你就得承担，人就是承担，只不过承担的方式、内容有所不同罢了，即使在消解承担的一厢情愿的潮流中，你也只是“这种生活方式的承受者和表述者，以及这种最终将不可避免走向覆灭的生活方式的信使”罢了。

自古以来，尤其在剧烈动荡的二十世纪，整个艺术历史，都在证实，是或隐或现的生命疾苦，开发了艺术以及艺术家自身所拥有的、以前并未意识到的潜力。所谓这派那派，也只是不得已而找寻的容纳潜力的审美形式而已——混淆如此真实、确凿的常识之柢的一切旗号的哗众取宠、自鸣得意，又怎能不令人生疑呢？

11

什么最能检验精神何以是精神，她的求索者又何以是求索者？

“在古代世界的门上写着‘认识你自己’。在现代世界的门上将会写着‘成为你自己！’”（王尔德）

“成为你自己”，在时代的剧变中，这样的生命，是包蕴着独立与自由的合一矿藏的。

如果你真的能“成为你自己”，你就必然是一个大陆。

当代中国无论怎样犬儒，怎样犬儒得隐蔽，眼花缭乱，振振有词，奥斯卡·王尔德的这刃预言也依旧寒锋犀利，飒飒见底！

因为这是人权中的人权。因为人天生就有这样的权利。

虽然她在我们这里，对大多数逐求温饱的民众而言，或许还只是潜在的，并非急需的，但她与其他权利同一根底，亦相辅相成，却是有远见的知识者不能不清醒、不祈望的——“不满是向上的车轮”（鲁迅），而她，也许不仅是车轮，且还是会使人们在现在与将来的任何一个历史的十字路口，不再重新滑向“胜利”之深渊的牢牢的轭绳。

中国历史上，这样前功尽弃地耗费无数成本、无数激情与才华的悲剧循环，在新的世纪应该终止了。

在与以往不同的资源匮乏、人口膨胀、价值崩溃的险境里（后者来源于三重破坏：意识形态加专制文化再加流氓脓毒，这可是过去从未有过的，而所谓底线就是这样突破的），我们也已经没有多少资本可恶性循环的了，也绝对悲剧不起了。

因而只有像大陆一样强大的个人权利意识的充分觉醒，身体力行，才是挺住一丘半貉侵袭的真正战争，也才是最终抓紧下滑的轭绳，并随时改变历史进程的强大伟力。

在阿布兰阿德庄园听讲解

（人们从两只巨大的旧石狮护卫的残门鱼贯而入。没有人留意残门是由水泥垛子构架的、曾经流行多年的方正风格。他们在萧森的老柏树林里停下。三五一群。有人咳嗽。天空晴朗。庄园里仿古的水泥建筑群，似乎因为终究还有几分遗址的价值，而有了些许阿 Q 的生机。）

…………

历史如果还是这个庄园，那么那个年头回旋的就是类似深秋的风。它依旧冷得不是常态。它仅仅属于某个季节。某个循环的人造季节。成年累月，酒窖在这儿屹立着庄园成熟的特征，酵味浓烈，人们在园子里像蚂蚁似的忙来忙去，传言四起，口重心轻。而在另一些地方它已经告别。那儿即使有冬天也不明显，风霜雨雪，转瞬即逝，气候潮湿，四季郁郁葱葱。大雁越过大洋在向那儿飞去（讲解员指着一个明显的残巢，接着解说）。

一阵冻雨过后，那儿许多枝头仍挂着苍绿的老叶和不知不觉新发的嫩芽。那儿已经记不得这个庄园了，人们常常走很远的路到这儿来研究人类曾有过的病毒遗址，因为那儿亚热带热带似的自在、蓬勃，已经扎根在辽阔的土地上。森林错落起伏，延伸如带。每一棵树都是主人。树下问题虽然也堆积如山，但思考和办法更是层出不穷，不会一代一代崩溃将至民族“最危险的时候”，才又一次拼耗巨大的时空成本，愚昧地恶性循环。

是什么力量使一切前功尽弃？春秋战国和大唐的“尽弃”与大英帝国的“有所弃”有何不同？“前功”之时曾经有人预警吗？没有预警的“前功”可靠吗？……

天地悠悠，四季相生相克，太阳照耀着每一个死角。困兽——非自我的术语，已是很久很久以前的传说了，像耶稣基督被钉在十字架上。“即使基督教灭亡，基督的一生仍然会叫我们感动。”芥川龙之介这样说。

请看这边。

（人们尾随着讲解员的身影。她应付公事似的走在前面。有人小声说，她讲解得太快了，就像背诵一样。）

庄园里那时到处是标语。那标语神奇地刮着怪风，浮着喜悦的金色。人们只顾着收割，像掠夺一样。只是表情奇异地是做出来而不是带出来的。绝不发自内心已成了天经地义的法则，习惯成自然，第二天性了。甚至挥动镰刀和赶车的样子都十分“统一”，但那不是劳动的欣慰。你们看，这是从后来推倒各种大巫雕像的风潮中，有幸抢救下来的小巫钢雕，他们那时满街都是。他们像不像老胶片里诸多边唱边拍手强迫观众捧场的歌星——他（她）们知道观众不好意思，在电视镜头前就更不好意思。歌星们摸准了庄园固有的心理，于是既逼你尴尬又明目张胆地欺骗了舆论，遮掩了自己的做作——瞧，我多么受欢迎！他（她）们是庄园主的变种，也企图用“气氛”来唬住心灵。他（她）的歌声在彩排着没有爱因而才“爱”得晃手扭腰，无法潇洒才在口头上“潇洒走一回”的恶作剧。一次次，他（她）们得势是人们和他（她）们一样卑劣，怪不了谁。

但据考证，首先要给那些无聊的记者披红戴花。

而当时最好的文学，有任意翻开无论哪一本最严肃的杂志为证，二流三流不入流的作品就更另当别论——请注意，这里的“最好”、“最严肃”与“二流三流不入流”本身就是一个末流时代的内部概念，与历史常态的定义绝不可同日而语。

…………

最好的文学都在描写死亡和坟茔、阴暗的天气和神秘衰败的归宿（讲解员指指宽大的屋檐下的走廊厚墙上陈列的一张张旧照片，然后熟练地转动着手里漂亮而细长的光滑小棍）。这是证词，也是象征，可能还是那怪风浮起的喜悦之反作用力，是所谓的喜悦在无刺激无意思里，渴望战争和浪漫不泯的折射。这毫不奇怪。叶落尽了，绿味犹存，只是人们闻不到罢了（为什么？——

讲解员加了一句自言自语）。“让这黑暗更黑，那就是通向一切神奇境界的大门。”一个当时的孤独者这样说。死，对于个人来说，在庄园里，在历史没有悲壮的年代，这是最深沉最热气腾腾的事了。“民不畏死，奈何以死惧之？”死是唯一谁也难管的事，尽管死后任人评说或遗忘；但因而写死也就可以在庄园的高压，还有谎言与无耻里小行其道了。但即便这样，未死却喊出死和歌唱死的气流，也并非每一次都获得出入城门的通行证。因为人不屑如风，而云只在天上。

但死不是悲剧。悲剧是一种生命。最好的文学对死的追寻是对悲剧最大的污辱和误解。它只是一些了不起的男人女人在压抑中尽心尽力地闪现即将坠落的萧瑟绿光罢了——多好的庄园叛逆。“冬天到了，春天还会远吗？”高贵的老调永远胜过沉渣泛起。

下面请大家自行参观旧样本——它们是证据。

（人们跟着讲解员走进一间堂屋样的大厅。前面有人感到沉闷异常，又返回到唯一透出天光的门边换换空气。）

那时也有人不明白人们在沙沙的落叶里为什么会悲观？只有永恒才令人叹啸，现实算什么？盲人的眼睛也许夸大了寒意，冬天还远着呢！如果人有辉煌的绝望又为何会悲观？庄园成熟得千年不衰，人就永远不可能成熟吗？庄园完全彻底地失去了信誉，人们就注定无所适从吗？忧患本是春天的种子，悲观却是它变质的霉斑。怪风富有却不拥有，历史热烈但是混浊，没有多少东西是生命的。“你很有钱，但你不是贵族”——高贵之族。巴尔扎克这样认为。

…………

那时其实是一个极其纯粹的季节。精神——即信念、浪漫、庄严、思想，都彻底还原给个人了，一个精神以独立、自我、内在的方式生息的时代。她当时比庄园前几十年的任何时候都强大和可靠，因为她不依附任何群体、任何环境、任何氛围、任何运动、任何潮流，它们只会反过来以庙堂与民间合力的摧毁来培育她，就像秋天以割刈等待春天一样。一个泾渭分明、道具遮不住庐山真面目的季节。她必须也只能并更应该完全靠自己去体验、感悟、抗争、坚定，百折不挠，百味俱全，九死不悔。

她早已做好了经历更漫长的冬天的准备。

那时，多少年的熟腐日益显现。坐享仓廪使人心生厌倦，富有的单调乏味使时空无所事事也弥生想入非非，白茫茫大地干净得视野开放——“谁能使我忧伤？”另一个季节就要来了。它曾经来过。那是一个精神以思潮以群体以氛围以运动的方式风起云涌的大地，像春风又绿江南岸，像夏天绿树成荫，蝉噪鸟鸣，但好是好，却涨满可疑风帆，因为先天不足，后天也不足，就像庄园的富有在唯余谎言的传统里，自古就令人疑窦丛生一样。

一切的一切，不过是季节的不同变化罢了，英雄们何以染上了悲观？物质的个体户个体富翁富婆是那个年头的特性，精神又为什么不能如此个体？地球不也是个体的吗！

（参观的人们来到一个灯红酒绿的街道沙盘模型前面，它惟妙惟肖，一个孩子认出了它实际是哪儿，似曾相识，于是像从遥远的乡下到了都市金水桥一样，尖叫了一声：这不是……吗？）

“精神的本质是个人的。”

她永远走在前头，走在深渊，那感觉就像“无边落木萧萧下”的豪迈，就像严冬白雪皑皑的彻底的诗意。即使春光烂漫，胜利在望，真正的精神也仍是个体的。她不依赖对手而存在。当外界的压迫消失时，只有她清醒和独立，自由而新生。因为她是精神，不是各怀心计的同路者的节日和欢呼。她走在前面是她一直在走。走是她的性格、她的天性。而欢呼停在哪儿看热闹了，陶醉了。只有极少数优秀的人才理解、爱恋与众不同的独旅者。他将超越一个又一个季节而属于所有的岁月——卢梭、尼采、尤瑟纳尔、鲁迅、阮籍……和千千万万没有付诸文字或因贫穷与限制而死于英年的真知灼见的灵魂。就是这样。

在他们那里，现实死了。越是萧瑟越是混乱，独旅者就越属于永远。

那怪风刮起的谎言早已连它自己也不信了，只是惯性使它仍在絮絮叨叨。这就不啻是无耻了。庄园那时已没有一棵古老的树，围墙到处是裂缝，信用如泥石流崩塌。而精神这时如果不是个体的，一旦成了“气候”，也就只剩下一半的真实或变质的潮流了。甚至写下她，表述出来，它就已不是“第一自然”的她了，比如当时就有关于季节关于庄园的蹩脚比喻——有人早已对所有“真实”的语言皆持保留之态。因为庄园的胃口、“卫道”与“随道”的胃口总是不太好，终生消化不良，终生一丘之貉。难怪庄园处处挂着他的肖像的那个马克思也说——我可不是一个“马克思主义者”。

（在没有任何陈列物的一栋烧得只剩下水泥楼架的苔藓斑斑的遗址上，有人隐隐感到如长夜一般空旷的气息。弦声依旧，车轮声时远时近。）

人永远有两重性：社会符号的你和活生生的你。语言的局限和存在的条件命定你只能露出生命的万分之一。庄园的孔子和被利用为社会工具的孔子学说即“孔家店”不是一回事。当年拼命“砸烂孔家店”的先人后来又致力于研究孔子并不自相矛盾，因为时代——角度迥然不同。

季节变化了，需要也就不一样了。

…………

舒伯特唱得多么好呵——他赤着脚在水上趔趄前行，钵中空空。没有人理它，没有人看他。狗冲着这位老人乱吠。但他旁若无人，一边走，一边摇着他的手柄，手弹弦琴永不沉默。他带来童年的感受。只有那个赤子之心依旧的女人，才能在疾驶的列车窗口久久回望这片独占黄昏的梦境和老人倾诉的琴声。

…………

精神离席的时候庄园里一阵“超富”的沉寂。请看这儿（讲解员的目光掠过另一间屋里的玻璃柜里的旧币），这“离席”是人们自己割舍的、抛弃的，“倒洗澡水连孩子也倒掉了”。谁也不知道，这样的人们还有什么资格抱怨。就像许多的文人怨声载道又在现实中如鱼得水一样。奴性总有两个极端：负责任的婢膝和不负责任的耍赖——都是与主子的绝对勾结。有书为证。有这些肖像为证。字里行间，虚面肿眼，文人们羞羞答答的挣扎痕迹、虚无的破坏比比皆是。曾几何时，当多少人被精神“感染”而随波逐流时，大地又留下了多少不过是在明清驿道爬行的历历痕迹！季节飘零而逝，爬行者心灰意懒，危机四伏实在正常。他们在庄园的前台扮演着因渴望而苦恼的拙劣旁白，铺天盖地，侏儒着少不更事却振振有词的后人，使他们好多年也没有长高一毫米。

（这后人不是我们，是我们的先人。讲解员补充完，大厅里一阵开心的笑。）

他们不知时髦是青春的剧毒，懊悔的绝症。但“石在，火种是不会灭的”。精神与生俱来，亡不胜亡。他们和龚自珍一样乞求“九州生气恃风雷，万马齐喑究可哀”——但多少年却又与龚自珍一样，不知道人是个人的，人权大于任何冠冕堂皇的群体权；所以他们只能在变质的雷鸣里随风起舞，他们是轰轰烈烈的夏天最早的阵风里最先的落叶。

他们早已萎缩、退化，而龚自珍却在“我劝天公重抖擞，不拘一格降人才”的长叹里实践了求索的一生。他和最好的文学一样，是庄园的珍品，但却只被陈列在琳琅满目的史馆里，直到庄园也成为文物。

…………

（讲解员请大家自己阅读《结束语》。它出自一个鲜为人知的死囚。放着参观者留言簿的桌上，有一小牌写着：能猜出作者名字的，请到橡树后的石屋领取纪念品。）

“曾经经历人世间的危险遭遇的任何一个人都是我。”（尤瑟纳尔）多少年了。白垩纪的那朵蓝花还在那儿，在那块都市仿造的乡村俱乐部的沟壑上。尽管从前的星空比现在更加层次分明，更加气势天然；尽管它比后来的高楼屋宇更加古老，也将更加久远；尽管它比如今的富丽繁华更加简朴，更加默默无闻，不引人注意，它却是它。它更有远见。它已经历了太多的起落，太多的变迁，太多的反复，洪水不再算什么。就像一支家族可能后嗣无人，但人类不会消失一样。它是一个存在。你不要去想是谁的现实或谁在影射、象征什么，“词并非事物，而是一道闪光，人们正是在这闪光中发现事物。”（狄德罗）它也与预言无缘。不要赋予它所谓的“意义”，那样就渺小了它污辱了它。它的意义就在于无“意义”——生来如此，天赋天道，因而意义无限。它在不是庄园的那些地方亦如此，只不过生长的形态不同罢了。它在任何时空里都鲜明着一个鲁斯布鲁克的神情：“生命之根的骨髓是伤痛之根……内里裂开之处不易愈合。”

历史的泪水正由此而感慨万千，丰富多彩。

（人们开始随意参观游览。庄园太大了，更显荒芜和苍凉。几个青年男女喝着饮料，发现一截朽木上贴着专治性病的手迹。一个金发女孩说，天呵！那时我们那里流行艾滋病，这里最严重的才是梅毒，落后了几个世纪！众人很严肃地凝视那些手迹，然后相约一定多多地背离什么，又聊起情人的话题，哼着歌，出门，沿途散去。）

生存是岸，良心是河

茨威格的《异端的权利——卡斯特利奥反对加尔文史实》译介到中国来，也许太晚了。世纪末了，在现代化的眼花缭乱里拥挤的人流，“多元”得仿佛已经不再需要它。然而更晚的是，读过它的十年之后，我才看到苏联作家巴乌斯托夫斯基这段痛心疾首的话：一些微不足道的书籍都被当作是杰作……而优秀的作品却被束之高阁，直到写出这些作品的二十五年后才重见天日。这种损失是无法弥补的。假如像普拉东诺夫和布尔加科夫这些作家的优秀作品，写完后就能和读者见面的话，那么，我们所有的人的思想就会比现在不知要丰富多少倍了。

这段不完整的引文，至今仍使我心重如磐（我是从马克·斯洛宁的《身后恢复名誉》一文中，一字不漏地抄录下来的，见《复活的圣火》一书，广州出版社 1996 年 11 月版）。记得当初读到这里时，我曾不由得仰头面壁，感慨深长（似乎不再有年轻时的骤然战栗了），许久，才又盯着白纸黑字，仿佛要将这短短的几行字“吃”下去……已经无法再读下去了。也仿佛再无别的意识。四十余年来，经历过中国那样的历史，如今又裹挟在这样的现实中，作为文化中人，许多同样的感受，同样的悲凉，使我看到巴乌斯托夫斯基——这个在语言、精神、情感、审美的森林里，个体生命就如同树汁一样与之相濡相融的人，在临终的前一年（一九六七年），面对自己的国家几十年来对文化的残暴摧毁，回首一生的扭曲和自斫，眼里只剩下早已凝固的欲哭无语的忧郁神情……我不由得停下来——多年的阅读体验证实，这样的“截止”，对于我来说，是因为又遇到碰撞、燃烧的阅读高潮与极境了。书中的文字这时已经属于我，我和她一起在瞬间的时空里黑洞一般回旋，分不清是她的烈熔还是自身的热血正向新的奠定奔流而去。而且不需多久，我知道，证实她的启示的应验也将随之而来……

然而，那一天，那一刻，不由得“随之而来”的却是《异端的权利》。巴乌斯托夫斯基说出的，不也正是十年前我在乡下初遇此书时，彻夜不眠的同样遗憾吗（岂止是遗憾啊）——巴乌斯托夫斯基说的是苏联，是原创，我感慨的是中国，是译介（没有普拉东诺夫和布尔加科夫的中国更其悲凉），但没有什么区别，都是文明的损失，文化矿藏和精神财富的多舛。

曾经多次的重读，也许已经使茨威格的文字在一个东方后人的生命里生根发芽了——放下《复活的圣火》，我从书橱里拿出已被翻断装订线的“旧书”，随手就找到了十年前那段痛心疾首的红字眉批：怔怔地，怔怔地看着版权页，一九八六年才出版啊。心如雨云翻滚。一次次问自己，这本书何以无法早早翻译过来，又何以不能早读到此书？又读晚了。就在这段话的左下角，还有一处在后来的十几年对我更是影响至深的几句“心得”：原来茨威格除了“一个女人的二十四小时”，还有这样的书啊。小说家？作家。知识分子。人类的敬意……

不由得再翻下去，几个小时倏然而过，差不多是又重读了一遍——这本薄薄的小册子，十二万字，二百余页，十年来，竟几乎页页都被我连写带划地读“满”了：她的密密麻麻，是在说我已经把她“吃”透了吗？

——从十六世纪的史实中，我看到曾经自己也饱受迫害的“宗教改革家”加尔文，是怎样“胜利导致滥用胜利”的，是如何刚刚上台，自家因思想不同而受的迫害还未结痂，就立刻比曾经迫害自己的人更变本加厉地用监禁、流放、火刑等更残忍的手段来迫害另外的思想者的（何以会如此？何以能够如此？这是不是这类人的共性？是不是人性的邪恶？是不是只有科学的人权教育与理性才能使他们自我约束，同时，也只有真正的自由、民主制度才能对其制约，从根本上避免悲剧的发生？）；我看到他和拥戴他的民众互动得多么狂热，多么“同步”，而历史的悲剧却是以美丽的日内瓦市民的民主投票方式上演的——它发人深省地使我想到仅有制度的公正也许还无保障，其他的社会构成因素，诸如教育、素质、观念、情绪、经济，甚至“场景气氛”等，有时综合搏动，照样会发生有悖制度的逆向运作，而具体的历史与某段现实相交时所呈现的时空特殊性，又总是使极少数清醒者毫无回天之力……

没有经历那场“史无前例”的浩劫的人，是不会为书中如此的“细节”震惊、羞愧、忏悔的，也许还会像后来的孩子们观看“文革”电影那样报以哄堂大笑，觉得仅仅荒唐仅仅好玩好笑吧——然而受难其中却是无比深重的，而人类的恶迹竟然如此相似，又委实令人心绪如铅，沉思无期：加尔文已经至高无上地控制国家权力了，市政会议、宗教法庭、大学、法院、金融和道德、才干与学校、巡捕和监狱、文字与议论，甚至最秘密的窃窃私语都已听任他摆布了，他的教条已经成为法律，任何胆敢怀疑的人都会受到众人的教训，受到压制讨论和武力的施暴，何以还要用监禁、流放、火刑来对付批评者呢？又是人性的什么因素、时代的什么局限，使加尔文的奋斗与成功被神化被绝对化，而如此灿烂壮观的光环，又是如何极大地满足了人们潜在的同类渴望，进而转化成蓬勃的社会气氛，导致人类正常的辨识淹沉于对“成者王”的天才的崇拜惯性里，因此丧失科学的质疑精神的？全民宣誓效忠与权力专断的巅峰，原来是相辅相成的连体之魔。宗教（意识形态）的唯一化，起初不过是强加是忍受，却竟然演变成了迷信与狂热！当加尔文以上帝与整个世界的崇高名义（令人想起以理想、人民、无产阶级的名义）调动民众向“敌人”（除加尔文的教义、教规之外的一切社会存在）猛烈开火之时，民众们不也同样“乐在其中”，利用权势的号令与恩赐的“自由”，为所欲为，以同样的名义借机向同事、邻居、相识与不相识的人发泄平时只能隐藏、压抑、无法实施的各种恚怨吗？二者潜在的欲念、“名义”深处的人性之恶，似乎同根同质。

因而似乎也不能全怪加尔文（当然，这只能是清算了他之后的后话）。因为只有上下一统，齐心协力，社会才有无处不在无时不有的告密，揭发，陷害，“扣帽子”，抄家，抓捕，施刑（监狱人满为患，犯人之间肆意毒打比进拷打室更厉害）；才有随时拦截盘问，随时入家搜查，随时逼迫仆人和孩子揭发主人与大人的“义务”；才有裙子不能长也不能短，发式不能太高，只能吃一菜或一汤，不能藏有糖果与果浆，不得有未经宗教法庭许可出版的书，不得有别的圣者的画像，不得唱世俗的歌（奏乐也不允许），不得从事任何哪怕仅仅是“带有”快乐的活动，不得喝酒，去教堂不得迟到、早退，不准自行选择孩子受洗的名字等无奇不有的戒令；才有“斗私批修”似的时时刻刻的心理折磨（加尔文的法庭宣称：人只要还在呼吸，几乎每时每刻都会犯罪），以及凡是能使生活不那么灰暗、单调的任何事情都在取缔、惩罚之列的“胜利恐怖”：如某人受洗时微笑，三天关押；某人布道时因炎夏而困倦，坐牢；两个市民玩九柱戏，坐牢；某人拒绝命名孩子叫亚伯拉罕，坐牢；一个盲琴师弹了一支舞曲，驱逐出城；一个姑娘滑冰，一个寡妇倒在丈夫坟上，一个市民拜神时敬邻居吸一撮鼻烟，统统做苦工赎罪；一个市民称加尔文“先生”未称“大师”，坐牢；一对农民夫妇出了教堂就谈论生意，坐牢；一个男人玩牌，枷颈示众；两个游艇员吵架，处死；两个男孩“举止粗鲁”，判处火刑（后又改判极为恐怖的身心摧残，押去现场受“教育”：眼睁睁看着大人们如何将活生生的人烧得大叫、扭曲、烧焦）等，没完没了。而这样的“加尔文时期”，似乎也与一切类似的年代一样，若是一般的民众已不能正常生活，那么对于“不满是向上的车轮”（鲁迅语）的知识分子，也早就首当其冲，被赶杀殆尽了。余下的，似乎也只能自我“配合”，消弭精神特质，比民众更低下地为苟活而活了……而这一切，如果与中国“文革”进行逐条比对的话，又为什么是那么的相似乃尔呢？

只是欧洲更有欧洲的不同。它们的恐怖相比之下，至少在近三百年间，似乎寿如流星，其人文资源也一直蓊蓊郁郁（不仅仅是源远流长）。诞生过卡斯特利奥的土地必然诞生茨威格，也必然出现这样的知识分子——如此“越位”的小说家。茨威格是在希特勒还罩着持续上升的旺盛“光环”的时候，就远见卓识地昭现了人类之厄运的（希特勒于一九三三年上台，《异端的权利》一九三六年初版，以此推断，可能尚在希特勒为取得政权而奋斗的年代，茨威格就意识到他的走向并开始查找加尔文的史料了）。《异端的权利》未言纳粹一字，却又句句指向现实，指向纳粹，指向同波共澜的民众，指向直接或间接地助纣为虐的各国政府，也指向茨威格所在的知识界——茨威格和卡斯特利奥一样，不仅怀疑，而且思索，不仅想，而且做；不是事到临头才咬牙被动地顶住（更别说随波逐流或助纣为虐了），而是路见不平即挺身而出！思想的力量是信念的、心灵的、根系的、科学的，因而也是绵长的、久远的，所以知识分子笃定不是以情绪反对情绪、以激烈反对狂热的“水准对称”之徒，更不是以功利心态企望收取立竿见影的功利回报，或借助群体行为的“热量”而随势攒动的“昙花”人物，也不是藏匿着宗派与个人利益，借助任何冠冕堂皇的名义施放暗箭的“文人”——多年之后，我才读出《异端的权利》不是中国式的影射：茨威格之所以选择十六世纪的前车之辙，是由于知识分子的科学精神与严肃态度——这与远见卓识并不矛盾。即使他是非分明，憎恶纳粹，但要著书立说，要对其发展走向、时间长短、危害程度、制止办法等做出科学预见，则更需要认真思索和长期的研究。

只有痛苦的怀疑、犹豫、深思熟虑，甚至绝望、虚无之后，从生命里再生的信念与力量才是真实和不可动摇的——卡斯特利奥如此，茨威格亦如此。是欧洲自古希腊以来丰厚的榜样积蓄，以及优秀的资源、素质，使茨威格发掘这个前车之辙，切剖这个前车之辙，犀利、深刻地将人们从遗忘的盲从中唤醒过来（如果《异端的权利》像许多中国史书那样，只是叙述加尔文的罪行、民众的附孽和卡斯特利奥的抗争，而没有那些星罗棋布的新视角、新思考的深层、到位的绝妙论述的话——甚至大段大段的性格、心理、生活方式和手段、伎俩研究——也就不可能成为警钟长鸣的人类启示录）。茨威格明了知识分子存在的唯一价值，知道穷学者卡斯特利奥“苍蝇撼大象”的反抗所具有的崇高、永恒的意义，断定人类的罪恶已从“加尔文时期”开始，进化到了以各种意识形态、各种花样翻新的“正当”名义以及时髦的幻觉为特征的共性阶段，而人性之恶却仍是谁也无法回避的血泪话题，因此，提醒人类对苦难“永远保持新发于硎的敏锐”（更何况遗忘），避免重蹈覆辙，雪上加霜，也就成了知识分子前仆后继的天然使命——茨威格尽心尽力了。茨威格又一次验证了人类之所以产生作家，产生知识分子的本原何在。所以，即使他想象不到，三百年后，在遥远的东方会发生“文革”那样的巨大浩劫，他的写于五十年前的书，他的十六世纪之“辙”，“无意中”也在针对“文革”新发于硎。

卡斯特利奥在十六世纪最残忍、最暴虐的“全面专政”下的知识分子立场，就这样给后世开辟了道路，清理着障碍，也留下了宝贵的遗产——其意义是深深扎根于个体生命而非如伏尔泰、左拉那样呈现社会“符号”性的：伏尔泰和左拉挺身而出之时，与他们对立的力量不是一统的时代与整个社会；伏尔泰的年代已经开明和人道，作为著名作家，即使他为卡拉斯辩护也仍可以得到国王和亲王们的保护；而左拉，则还拥有一支看不见的军队即全欧洲全世界的钦佩做靠山；他们只是拿着名誉和安逸冒风险，不必付出生命的代价。而卡斯特利奥，作为一个可有可无的、无足轻重的穷学者，一个靠译书和担任家庭教师的收入勉强养家糊口，日常生活常常处在可怜的贫困与窘迫之中的小人物，一个逃亡两次以上，没有公民身份，没有居住权，在公众中毫无影响的异国难民，仅仅因为加尔文伤害了他的良心——这是我所知的人类最纯粹的反抗理由，而在她的深处，则是最高贵的心灵——就主动进击，以《论异端》《答加尔文书》《悲痛地向法兰西忠告》等著述，代表受污辱、受迫害的人权，茕茕孑立地与一个拥有成千上万支持者、成千上万自恐自控同胞，以及全部国家机器以及社会所有的物质力量和精神力量的独裁者据理抗争……这是一条多么清晰的人格边界！作为读者，我从前心目中的知识分子定义被彻底改写了——这就是经典的含义！

但这样就算“吃”透了这本书吗？不可能。如果我感到了她的“终结”，不是我的浅薄抑或已丧失悟性与活力，就是她根本算不上经典。我即使能读透她的内容，又怎能从字里行间，深切把握从纸背浸出的鲜活的作者及书中人物的生命——她们更有价值。如果阅读抵达不了这样的深度，抵达不了他们的经历、心绪、忧患、疼痛，还有我视之为东西方文化最重要区别的“自耻”之烙，那么，一切的一切，再“满”再“透”不也是虚妄的吗……

这样的抵达也许永无可能。但一次次接近，哪怕是自以为是的接近，不也是探索的意义和活着的真谛吗——我将永远感激《异端的权利》所给予我的似无穷尽的那些“心得”：“压抑思想就是杀死人类，因为人是因思想而为人的”；“无论动机、原则是什么，无论多么好听、正确，一旦强加于人，强求一律，不许人们自愿选择，就立即成了野蛮。因此所谓形式主义等，不是荒唐、错误，而是犯罪。不需要什么后果，后果只意味犯罪的程度。而发生就已经犯罪了”；“是不是文盲也许并不可怕。有文化有知识并非就不是道义盲、人权盲、是非盲、立场盲，其危害更大更根本”；“知识群体非知识分子。群体乃集体，共同性、时髦性、依附性、一致性，为‘众’的目的，必然约束、放弃甚至牺牲自我，而分子是独立、对立、自由的，不是什么‘皮’与‘毛’关系，而是本身就是支撑社会大厦的另一柱子，必不可少”；“非法制、无制约、无民主，必然要出问题。出了怎么办呢？只能靠搞运动。然而却仍然不能解决，因为这并非妙方。若不敢改就只好再搞，一次比一次厉害——终于‘文革’了”；“精神的本质是个人的、内在的，不是对手所决定的。所以，当所谓的外界压力消失之后，就不再清醒和思考的人皆可疑，如‘文革’后许多人‘胜利’的满足”……

然而，就是这样的一本书，十年来，一直令我耿耿于怀，好生疑窦：何以如此重要的心血之作，几乎每一章都像是针对中国的历史和现实而写，每一段都仿佛在加深中国知识人的耻辱与愧疚，书中的句句剖析、思考，不仅对中国对前人对历史，就是对人类对今人对后世，都有着发人深省的联想和启迪，且文气高贵、深邃，笔触精雅如流，叙述生动、形象，却在她出版后的那几年乃至今天的日子里，几乎就“无声无息”呢（我不记得在什么媒介上读到过对她的介绍、书评、体会）？是我孤陋寡闻，是人们浮躁、表层，是媒介浅薄，还是她不够经典抑或不够“时髦”？她的意义、启示、共性、对应性，不是昭然若揭的世道良药吗？

二十世纪八十年代中后期的中国文化知识界，“解放”得多么沸沸扬扬，多么“精英”辈出啊：那么多报刊、那么多写作，那么多双眼睛，那么多条生命，各显神通，甚嚣尘上，却何以单单忽视她、冷落她，又何以在“多元”的欢呼中这极为重要的一元微弱得最不成比例呢……我似乎只能感谢“偶然”、感谢“机缘”了——在自己命定的生途上走着走着，不期然也许将相遇寒冷中的篝火，抑或山未穷水未尽，也能有“柳暗花明”的顿悟。一九八七年，如果不是因为从郊外中学调至作家协会，发现我的档案里竟然没有十几年前曾两次两地下乡的“工龄”；如果在重返旧地开具下乡证明的那天，路过当年因不得读书而只能以苦苦怅望校门来“解馋”的“县一中”时（多么啰唆的“国情”），不是不由自主地站住，不由自主地咀嚼心中起落的多年漂泊的滋味，而是“功利”地匆匆而行，早已将苦难遗忘且毫无知觉地踩在脚下的话，也许我就错过走近铺着两张旧报纸的临时地摊，从胡乱摆放的寥寥几本什么书中，一眼就被《异端的权利》这个书名陡然击得心紧的珍贵机遇了！能够在她出版的第一时间连夜读完她，真是太好的“偶然”，太及时的相遇了——我还年轻，我正“饥荒”，我需要她——我的三十多年的底层经历那时正使我感到文化知识界在时代之制下多年来一波一波的工具性“热闹”，有如破帽遮脑，十分可疑（比方“名人”们曾纷纷撰文欢呼文学创作的“黄金时代”已经来临），然而我又无法自信，无从奠基，没有精神资源，看不清事情的来龙去脉——许多的疑团，许多的混杂，在那夜阅读的碰撞、燃烧中分崩离析，似乎只待再思索再发现就可以若隐若现地解开了……甚至那个野气清爽的秋夜，也“偶然”得多么适合深读这样的经典啊：寄宿在客栈一样的老乡的土屋里，多年的都市颠簸正被忘却，如同还在“插队”的漫长岁月，后来的时代喧嚣似乎尚在遥远的云端；最后一缕白日的燥气也被夜风吹尽了，熟悉的，伴有庄稼味、牲畜味的气息，正使一颗沉痛日久的心渐渐纯粹，似乎仅能感受到灯光的阴暗，感受着时空的敞开，仿佛它们也在跟随着茨威格的良知流淌，跟随着语言的河、忧郁的正义、鲜活的责任和思绪丰富生长，“事半功倍”——记得不知困意地读完之后，我还曾起身开门，借着微曦，边走边将一些重要段落抑扬朗读，似乎尚是当年的“知青”之身，似乎还有少年就学的积习，意犹未尽，兴奋得要把清晨一般的身心，告之静谧、本色的万物与天地——人世间，多少书籍，多少作家，谁们有茨威格和他的《异端的权利》这样幸运呢……

如今，我已明白这本书何以无声无息，且也“习惯”了；知道她不仅来晚了，且还要再晚下去。但是作为个体生命，我周围的“热闹”已经再也遮蔽不住什么，它们其实并无什么到位的根底——晚就晚吧，在人们，那是咎由自取；而在书，则无早晚可言，因为永恒的就是永恒的。她永远在那里。无论是什么年代，无论时潮如何变幻色彩，她都是，且永远是——社会所需要的那片闪亮的试金石。

大地重现

那些书很像冬天——在明月凝望着北方遒劲、疏朗的高枝的时候，一条大河在深远地流，仿佛流在创世前清光寂寥的夜色里……

也很像我的少为人知的故土上伫立在湿坡的榕树——它们仿佛很老了，其实正在郁郁葱葱的壮年。清晨的雾里，密匝匝的浓叶下，垂落着缕缕潮湿的气根；鸟群的叫声，在巨云似的树冠里四面八方地响起，绿荫却深得看不见这些精灵们舒展、活跃的身影；清晨的榕树下，凉意总是格外浓重，一棵树就有一丛森林的感觉和气息，数不尽的厚质绿叶，像成千上万的语言，散发着悟不到头的盎然，读不透的深蕴……若是蒙蒙的、苍凉的雨天，那些绵绵沾襄的雨丝，就因为和它在一起也古老和久远了。

这些沧桑的履迹，如今回想起来，总有一见如故的真挚。就像生必有缘，我们的的确确和祖先、后人在十一维度里，一脉相承着生与死、爱与恨、凄惶与清醒的灵魂。

但榕树们常常是要翻过一些莽莽的群山，才会发现依江而生的一两棵的；然而有时也巧，就在山下瓦舍茅棚的村寮里，就会有好几棵榕树，像沉云一样停落在那儿，粗健，宁静，即使树龄相差几十、几百载，也一样浓绿得化不开，一样的生意勃勃，起伏如潮。而无论漂泊到哪里，在它的盘根错节上听过雨诉，冥思过星空的孩子都永远难以忘怀，永远在生命里一次又一次地呼吸着它的博大精深。于是，也就把它和那些经典的书页一起，归于无以名述的真实了。

万物皆有灵。不然后人不可能相隔着那么多年，与作者素昧平生，却仍然会像在生态原初的大地上呼吸一样，生生循环于经典的气息与自己复杂难诉的触动。就像在瘴气弥漫的青石板驿道边，万年人迹罕至，但那几朵野生的金花茶正自在地怒放，因而流放的柳宗元与她们相视一叹，从此也就更深刻地理解了他最钟爱的《山海经》一样。

新的不一定就是好的。时间神奇而公正。就像成熟的男人女人与幼稚的少男少女、文物与时物被淘洗过后的成色之别。

经典的著作大多都发旧了。一本一本的，虽然有人只存了几十年，但翻开来，就像撑船上溯到了远古。它们旧得真好。纸光是金色的，是那种也许还未打磨或打磨过了又随着光阴的流逝，越来越朴实、贵重的金色。那些书油墨都很香醇，很清新，也很特别。它的有些灰旧和沉默的色泽和铅字，太与内容浑然一体，太至情至美的和谐了——就像人的强健筋络和气魄、素质，原应紧密相连一样；也像大河与鹅卵石的滩渚，榕树延伸几十米的根群与如殿如堂的密叶，皆前后、里外对称地存在一般。

经典们大多不那么“刺激”，情深意切的老朋友都无必要刺激，就像成熟的男人女人更通晓爱与欲的内在的刺激一样；它们的装帧也不够“新潮”，但却手感很好，心碑、视碑很好——就像压根儿就不屑招摇过市一样。路遥知马力，日久见人心。它们只想久久地感动着你，抚爱着你，不动声色地以大地的本质，时时滋润着出征的安泰。

使人升华的东西本该像润物细无声的春雨。春雨是传统的传统，它和否定之否定一样，即使离别经年，也依旧一如既往，忠贞不渝，好像在你之前，世间到处是它们这样的河流、这样的生灵一样——它们慷慨地替你淘洗了一切，省却了最珍贵也最美好的精气与光阴，也预蕴了拒病的抵抗力。它们俯拾皆是，于是人不会无路可走，无情所寄，混天聊日，前不见古人，后不见来者，空怀万物之灵，却可悲地无灵而终。

一行一行时短时长的句子，一页一页时远时近的思绪，那么厚实、自信、激动人心。它们常常使你走在高原的源头，又走向澄澈的天空，走回语言的诞生。“人之精英为语言”（这里的“语言”大约是广义的吧）。在人类的始祖那里，语言是生命创造的；在每一个词诞生之前，一定有着许许多多的美妙和艰辛。为着这艰辛和美妙的流传，为着宇宙万物的“抽象”与想象的再生，时空和神灵，选择了人来思索并说出话来。于是人创造了语言，好用语言来再创造，再发展，以至精神的星空灿烂不竭，万物的大地变幻无穷——难道事实不是这样吗？因而，如果天地果真是这样使人至高无上的话，那么语言的本质就该是生命的、创造的。生命和创造永恒，永恒又怎么会过时呢？

经典的含义和魅力就在这里吧。

它们也许的确“旧”了，不合时宜。但生欲的灵魂，人的气息，情思的存在，深邃的原理，多极的内核，却常常比活人还要活人。它们形象又抽象的一切，总是不尽地时隐时现，超越彼时彼地，在夜阑人静的这个世界，渐入人的心底和血脉——能入心底、血脉才是人值得活，值得读，值得往来、交流的真正理由，其余的皆不过是辅助罢了。于是有人不再怆然，不再斤斤计较，患得患失，而是由此坚定了爱、美、神性以及路途必然曲折的不屈信念——莎士比亚人欲的城堡就是这样常常复活的，《野草》忧郁、冷峻的目光，就是这样依旧流连在前仆后继的国土上的；如果日心说的公理，留给如今的意义仅仅是不言而喻的摆设和“知道”而已的话，那它就毫无意义可言了。而人世，也就肯定一贫如洗、两手空空地沦为先人的败家子和机器前喘息却空虚的短工了。

然而，不知是什么原因，使世上出现了那么多背叛语言的书，出现了那么多不再崇敬最值得崇敬的经典的行径。它们想干什么，又属于什么呢？有人没读过那些书还是不会读，不能读或不想读呢？

崇敬和感悟，是人的本性中最吃苦耐劳的能量（它也是宗教的渊源吧）。没有它，人类就没有伟大的神话和探索，历史也就没有今天的“繁荣”。真正繁荣的气息早在语言之初就有了，那是天与人默契着的生长真谛。而如果理解错了繁荣，用错了崇敬和感悟又将怎样呢——“文革”触目惊心的血迹、灰烬的余温还未冷却，还在新世纪里穿梭呢。而如果不是经典们已朽成腐木的话，那就是有人浅薄、无知和乌有了。如果社会如同人们离开河流迁入沙漠一样，先天发育不良、水土失调却又还在毁弃森林，那么，这个世界还会有什么好的！贫穷与富裕、精英与平民，同归于尽，付之东流亦为必然。

后人该怎样历尽磨难和牺牲，才能拨开、忘弃某个时代的庞大身躯所厚厚臃肿、淤腐着的背叛之重负，并重归沧桑正道，进而再生语言的光荣和立下诫喻千秋万代的耻辱之柱呢？

文章千古事，甘苦寸心知。天下的烦扰如果与生俱来，那么，识破它们而前行的心灵，不也是与生俱来的吗？

…………

也许，是我走火入魔了。那些经典已经过时，人们不再需要它或只有扔掉它才能活得更好更充实；也许，在我掩卷遥瞩的喟叹里，它给我的气氛、真谛、灵性和警醒，仅仅是一种错觉；当我认为它与诸多流行歌曲、畅销书和有人命却无人生的言行相比，前者犹如大树、山川、世界，而后者则近于贫草、沙砾、窝棚或无须有的废纸与锈迹的时候，我的这种思索和感受，亦不过是可笑的暮气罢了——如果是我错了就好了。因为一个常人的闪失似乎无伤人世。但也许我又是有权这样错的。因为即使不重返我的古榕故土，在架子鼓和电吉他的震响里，只要我的手不颤抖，我不是愿意吹箫就该吹箫吗？而且是独自的，像从前一样，面对我的山谷，我的山谷里久旱的灰雪荻花，连同那一去经年的紫色裙影……

人有权固执地把心声献给福荫的大地和自己，就像有人早已在干他们的短工一样。

我大抵还记得自己反省过橘子的气味，所给予我的岭南梅雨时节的往事，是我对经历抱残守缺的依恋的；因而我也有权感谢经典们给我的个性和辽阔。因为如果不是它们，即使所有的人都照样活得如日中天，我却委实不行。

不行。

不行。

但如果不是我错了，那就不啻是覆盖大地的林林总总的钢筋水泥们的悲哀了。因为即使在连经典们都不在话下的夜里，“吟罢低眉无写处，月光如水照缁衣”的忧愤，也早就是并非先人的往昔琐事的。

异数之美：苇岸与《大地上的事情》

《大地上的事情》在当代是一个质的“异数”而不是量的“少数”。“异”就是独自。独自是永远的，这是质唯一的内涵，也是许多年以后才能被人逐渐理解的原因（一百多年来，人类“发现”了梭罗，但又有几人能真正理解梭罗对人类的根本意义）。“异”不会“轰动爆炸”，但将如核电站一样，在时空中一点一点昭示其光。

而且，如果她本身足够丰富、深邃的话，时空还将为她增加后人更多角、多元地阐释其质的认知能源。她因此而永不熄灭，除非宇宙不再有大地，人类不再有自然。

《大地上的事情》似乎不可能产生于这个时代，然而她却诞生了——这就是“异”。这个留不下什么的时代没有她的功利同道、文化谱系。她翻越无数杂乱文字的崇山峻岭，孤身求索，在意义的源头凝神谛听。多么遥远的那儿，已经被我们忘却很久了。是什么重重遮蔽了我们？鲜有世人能够完成这样的灵魂穿越——她因此成了“异”。因为不可替代，因为其“增值”是那么自然而然。

其实，她本在最纯粹最朴素的童心里。然而，成年后，如果还想饱满着赤子的纯粹与朴素的话，就只有忘我而艰难的心灵还原才能抵达，才能名副其实的——在兑水的书写泛滥至灭顶之灾的沉沦时刻，这样的考验重于乞力马扎罗山脉！因此，在人生苦途的意义里，真正的纯粹与朴素，并不能虚妄地与生俱来。她得寻找，她得跋涉，她得情愿像杳无人迹的涧流藓丛中那朵蔚蓝色的“天堂花”一样，冷清却真正自由地盛开，并由衷地欣慰与坦然。

于是这时，“异”同时也就呈现出了语言的分野，以从里到外的个性，无意中为人们提供了辨识真伪“乡土文学”的界标：君不见，如今多少所谓风景、农事的文字，其文风心态，千人一面，不都竟然是拙劣的仿作，是浅薄的词藻漂浮吗？看似热爱自然却仿佛在故意污辱自然，书写本身就有违于自然的丰富多彩、生机勃勃——真是何苦来着？心不到位，“气”不溯源，实不如不写。

而生存于田园、泥土、动物、植物、季节、蓝天与青山的苇岸，却既逆于陶渊明的夸张比兴，于托物行吟中暗塞计较功名的传统私货；又有别于梭罗的事无巨细、铺陈、烦琐，即使是同样天生的忧患，也因国情、性格的不同而泾渭迥异了——梭罗将其中的一脉，向着社会的黑暗不屈抗争，为“不服从”的人格立志，言之简单、当然，行之则决绝、彻底；苇岸却蹙眉忍咽，宁肯将它们全部转向为人类性灵大地的沦丧而痛心——这样的关怀也许更终极更深重也更漫长。然而，那亦是我们的大地，当代的自然。人类与民族之一分子的我们亦有责任，但我们却残忍地将一切践踏了，在自欺欺人的破坏里不觉昏晓，让一个羸弱的生命独自战栗、独自承受、独自轻抚千疮百孔的万物——也许并非别的什么，而正是我们的疯狂、自妄、愚蠢、平庸以及不择手段的掠取，使苇岸和《大地上的事情》痛苦地成了“异数”，一个悲剧的、遗世的“异数”。

我们是有疚的。

我们应该有自赎的警醒——为着“异数”先于、别于我们的心力献祭，为着悲剧与虚无的极美所在，为着慷慨的大地即使对罪人也无时不在默默滋奉着息息相关的一切，活着的人，应该也只能将人类的悖误递减至最低，更低……因为我们和大地都确实没有多少任意延宕的时间了。

十七世纪之夜的来临

艺术家总在他该来临的时候来临。在这个夜里，技术时代褪去了二百多年前康熙朝野的长辫青袍，也沉落了眼前的焦虑、乖巧、苟且和喧庸……历史注定要死去的已经死去，怀旧无济于事；然而活下来的一定还会活下去，生生不息，因为它不属于历史——艺术属于人类的灵魂。灵魂是不会沉寂的。卡赞扎斯基说："我写本书的目的是为了给正在挣扎着的人们提供一个典范，叫人们看到不该惧怕的痛苦、诱惑或死亡，因为这三者都是能征服的，而且它们已经被征服了。……耶稣死在十字架上，从这一刻起，死亡就永远被征服了。"这是崇尚理性的西方作家的宣言（莎士比亚也这样形象地自白过）。而蒲松龄属于东方。十七世纪东方的灵魂在感性的深处，在生存中。东方作家用他的血肉、人品、性格、思想、感情点点滴滴孕养着、滋润着那些故事、那些形象、那些场景、那些梦境，蓊蓊郁郁，你必得在这样的夜里，才能看见"每一个人身上都爆发着一场神与人的斗争"（卡赞扎斯基），看见这场斗争对作家的考验。"对那些有责任感的人，那些日夜不敢忘记神圣职责的人，灵与肉的斗争都是残酷无情、至死方休的”（卡赞扎斯基）。你得从艺术的枝枝蔓蔓之中自己感悟东方作家沉默大朴的理性——也许正是这感性深处的“理性”，这无“理性”的感性深处的真实，更具有“人”的魅力，更能使你在历史伏下血性的时候，从康熙年间同样是历史转折关头的动荡、卑劣、困惑、屈辱、沉渣泛起、功利勃行、文人沦丧、官场昏聩、繁华旌摇等的浮溺中感到作家的尊严。作家何为？“写忧而造艺。”（钱锺书）作家不会同流合污。蒲家庄不是净土。但只有净土的心灵才能写出《公孙九娘》《鬼哭》《白莲教》《头滚》的艺术实录，才能痛思《三朝元老》《张氏妇》里人格的低下和尊严的不灭；《小二》和《黄英》中经济的缩影，《放蝶》《司训》中文人的劣迹，《梦娘》《续黄粱》里的官虎吏狼，《罗刹海市》里理想与现实的对比反照，《乔女》《荷花三娘子》对爱与性的心系往之……凡五百余篇，参差铺陈，在那专制覆压、科举诱惑、愚昧庸碌的年头，文学需要多大的抗争、信念、纯粹、自我、敏感、想象、创造、浪漫、自尊，才能把血性传衍下来，流经二百年后这个夜里！

谁说中国没有脊梁，只要历史有苦难的土壤。

哥白尼为物理学注入了自由、民主、科学、真理的追求之光；作家为传统提供了别一种传统，从屈原、司马迁等志士仁人到蒲松龄到陈天华到今天到未来的灵魂的真实——作家不屈，人类前行。一个时代的希望，不是靠量的虚假泛滥，而是靠质的真实修远而确定的。“路漫漫其修远兮，吾将上下而求索。”（屈原）这才是时代的良知。

作家也许只想实录他的时代，诉说他的情感和向往，于是有了艺术。作家也许并不想诫谕后人，流芳百世。“行年七十有四，此两万五千余日，所成何事，而忽已白头？奕世对尔孙子，亦孔之羞。”[①] 人性在时空里多么悲凉。这是只有作家的灵性才能彻悟的。后人能不能苛求前人？也许不能，也许只能苛求前人的社会。谁有权未深陷于现实却“超现实”地指责囹圄的别人？后人只应苛求自己，因为你还活着。当托尔斯泰说“宗教精神”应该是必须的，而一般的宗教教条是虚伪的时候，“即使托尔斯泰没有写别的书，他的名字也是响亮的”（艾尔默·莫德）。因为他说出了人的真谛。蒲松龄亦如此。仅仅以他在几千年的人格铺天盖地的随波逐流中特立独行、孜孜不倦地拓荒建树，“千古文章赖我曹”的人品，其存在也是“一种生命力永恒的惊奇”（泰戈尔）。谁说他既维护封建专制又鞭挞封建专制——难道作家所希望的仁风善政、官无贪谄不是任何时代都需要的清明吗？他的“写鬼写妖高人一等，刺贪刺虐入木三分”（郭沫若）不是任何时代都需要的吗？而他的羽化登仙、人神交游、梦中生死、世间传奇、佛玄道秘、忧乐圆融、奇诡神谲的艺术之境竟由一人之生命里迸出，真叹为千古大师，当是后人从心底发出的由衷之言。他证实如果任其想象，不束缚不压抑，中国人的创造力多么凿凿蔚然！中国

① 文中未标明作者的引文，皆出自蒲松龄本人的诗文。

呵中国！

然而东方的希望之路是漫长的。东方作家挣脱的考验是多重的——同样成就一生，由于客观的纠葛缠沼，东方作家在主观上在个体生命的力度上必得要比西方付出多倍的代价，才能证实前者存在的顽强！这也正是——由于漫长——一些诗人中途退缩的原因，一些人看不到希望而悲观的原因；亦是蒲松龄们寥若晨星的原因。即使如留仙本人，也不无这等感慨：“独是子夜荧荧，灯昏欲蕊；萧斋瑟瑟，案冷凝冰。集腋为裘，妄续幽冥之录；浮白载笔，仅成孤愤之书。寄托如此，亦足悲矣！嗟呼！惊霜寒雀，抱树无温；吊月秋虫，偎阑自热。知我者，其在清林黑塞间乎！”这才是生命感人而真实的本性。他本来也许可以为社会为人类做一些他更愿意做的事——不一定是更有意义的，甚至是短视的，远远不如他的《聊斋志异》更永恒。然而生命却是那样呼唤着他，苦恼着他；如此折磨，又有多少人能够承受，能够理解？后人往往一厢情愿，从意识形态的教条妄论他科举不进、仕途不升反而“成就”了他的艺术，却不知世事浮落，灵与肉的内心之苦是如何煎熬着他。“在精神方面的论战中，最优秀的并不是那些毫不犹豫地、热情地投入纷争的，而是那些长时期犹豫不决的人们……那些最难决定战斗行动的人，一旦决定了，就是所有人中间最不可动摇的。”（茨威格）作家也是人。作家与人并存。他们最终的历史定位就如希望之路一样漫长。蒲松龄也许当初更想做一个正直的出将入相的人子——不完全是为了个人，是为了对社会的尽力和惩恶扬善的焦虑，这是作家的本质所决定的。作家永远是知其不可为而要尽力为之的理想主义者。若是没有治社稷、忧天下的胸怀，他何以能在台阁之志破灭，抑于寄人篱下的塾师，应考又屡试屡败，落至穷村陋舍的拖儿带女的平民坎坷生涯中，面对整个社会的浊风恶流，仍能东方不亮西方亮地留下艺术的而非现实中的正直官宦的卓越昭示呢？信使死了，信息长存。二百多年过去，东方的希望由于漫长的希望之路而熠熠光华。这时，只有理解了作家，才能理解作家何为；只有理解了作家之路，才能理解希望。只有理解了希望，人的生命才不会中途困坠。这夜，由于作家的“到场”，周围的縶束驱策、休咎福祸、畸态污秽、恶物俗利、专横残暴、压抑漠然，都一一潮涨潮落地屹立着一个灵魂的冷峻与坚毅了。而如果历史从此再无留仙，二百多年后的历史才是真正的悲哀。作家之质在反证着历史和社会的真正分量。“夫文章天下之公器，安敢私焉！”（皎然）

“你是什么人，读者？百年后读着我的诗？”（泰戈尔）

诗人，靠诗人领悟，也靠诗人传续。没有诗人的时代，诗坚强地在夜的深处心心相印，这是灵魂的倾听和歌唱。

它等待着。像黄河一样，古老而年轻。

动物性与人之智灵

宇宙大爆炸。微生物生命。冰河时期。恐龙灭绝……

一百亿年。三十亿年……

地球经历过怎样凶险、漫长、“天意”难卜的消长时期?

宇宙的本质有一种冷酷入骨的魅力。而人类的进化，也许仅仅只是一种偶然，一个深不可言的神秘奇迹。因为人的生命，在动物属性上，的确属于最低能最应该早已灭绝的一类——比如，人的自然生存所需极多，自身的体内又最不能“自产自足”。人不像沙漠席虫那样耐得住整年无水，不像鱼类可以在缺氧的深海里恣意游弋；人不像企鹅那样耐寒，无法像鹰一样飞翔；人甚至没有山羊逃匿得快，没有蜜蜂的针螯可以自卫；人转瞬之间就可能被虎豹们撕得粉碎，被动物们不以为意的病毒夺去性命……然而，人还是生存下来了，逶逶迤迤地进化过来了。且不仅如此，人还成了地球的“主宰”。

这算是怎么回事呢？不科学吗?

不。这正是科学。因为人除了具有几乎所有动物的共性之外，还有上苍唯一赐予的个性的生命智灵：思维、理念、智慧、创造性等。因此人的本质，只能在于“他”（它）的智灵。也许，上苍就是这样使人类“完美”的：给予了你智灵，也就必然减弱你的动物性本能，因为你完全可以用智灵来补偿。如果你用错了智灵，你也完全可以用智灵来匡正。智灵可以使人生存得舒悦，也足以使人毁灭。智灵产生丑恶，也生长美好；智灵可以破坏一切，也可以建设一切；智灵属于个体，也属于人类社会；智灵顺应自然规律、科学规律、人的本质规律者，则昌；而逆之者则必亡。智灵是天赋的，因而人类为了人类本质之昌盛，所做的任何努力都是不可剥夺的、与生俱来的、天经地义的——智灵是属于所有人的最本原的人权。

因而如何使用智灵，用智灵去做什么，也就不是没有是非，没有责任与义务的了。它几乎就是人之所以为人的唯一标准，唯一的极为重要甚至生死攸关的人类命题。因此，人怎能允许自己的天赋之权被以任何理由任何方式强掠呢？怎能自欺欺人，退化堕落为动物与工具呢（且还是最低劣的）。人又怎能不关注自己生存的自然生态、经济生态、文化生态、科技生态、政治生态等的一切呢？离开了这一切，哪一个人的生存、生活还能继续下去呢？这样的人、这样的社稷还能称之为合理的人与社稷吗？

这是最起码的常识。

因而，当人们面对人的智灵在眼前的现实中，已经造成种种可悲的人类迷误、错误乃至罪恶的时候；在万物共生共活的地球上，甚至连最原始最基本最根源也最终极的大自然，也已经被唯一有智灵、有能力毁灭它的“人”所糟蹋殆尽之际，如果依然无动于衷，那么，宇宙冷酷的魅力也许终会因其固有的自然规律，而将人类也报应一般地推入灭绝的恐龙之列吧——“主宰”的双刃之剑这时发出的是斫向人类自身的无情啸声。

因此，“主宰”不应仅仅理解为人类社稷对自己生命的尊重、珍惜与发挥，以及为她的自由、公正、理性而奋斗，还应理解为人类对大自然拥有天赋的神圣使命：“主宰”不仅仅是使用、耗费、权利、自我，更是保护、培育、天职与公共。智灵同时意味着清醒、预见，以及忧患与和谐。因为人类“应信服生命的每一种形式都是独特的，不管它对人类的价值如何，都应当受到尊重”(《世界自然宪章》)。

这亦是常识。

然而不幸的是，正如物理学家弗里曼·戴森对宇宙一千亿年后可能终结的估计所言：“如果不将生命和智慧的作用考虑在内，对遥远的未来进行详细的预测是不可能的。”——而目前的种种困境，也许不必等到未来也不必再做什么预测，就已经对人的智灵提出最严厉的质疑了：你们何以尚不如动物？你们的智灵在这方面何以如此低下？何以做出了连许多动物都不可能做出的对自然的破坏，且后果已经触目惊心仍纵容无忌？你们的“环保”仍然是慑于大自然的报复而“实用”的，何时能走出这样的世俗泥淖？又何时能智灵到对一切的生命承担道义？……这是更重要的。因为只有这时，唯一的这时——当它来临时，人类才能说：自己智灵的进化之光，是宇宙熠熠明亮的、唯一且真正的精神的太阳！

那只文学的手

日本著名思想家池田大作认为，二十一世纪将是“生命的世纪”。人类、时代、社会、文化、进步与文明，都将以“生命”为基础。这和自然科学渐渐格外重视生命的物质现象，将生命，包括人自身的各种因素进行深入的分析、研究、试验作为一门新兴的重要学科，有着异曲同工之妙，同属于未来的潮流。这本身已不是什么新鲜的话题，从十九世纪开始，在哲学领域，丹麦神学家、哲学家索伦·克尔凯郭尔之所以成为十九世纪存在主义思想的先驱之一，就是由于他认为，只有人才是世界的唯一实在，真实的东西只存在于人的内心，只是个人的体验，即最直接、最生动、最切实的痛苦、热情、需要、欲望等，这是无法用理性来说明和把握的，正是由于如此，当我们阅读克尔凯郭尔的著作时，你简直分不清它是哲学还是散文，或者是诗。而爱默生、尼采、叔本华、弗洛伊德、萨特等人的著作亦如此，二十世纪的哲学越来越生命化、文学化了——因为文学是离生命最近的文字表达形式。在二十一世纪，几乎所有的哲学和思想性的重要著作，一是可以当文学来读，二是可以用文学来阐释（存在主义尤其如此），其根本原因，就是因为它们是“生命的”。

文学本身又怎么样呢？所谓意识流、象征主义、现代派等，说到底，无非也就是“生命主义”“生命派”罢了。不过是人们对生命本身的重新认识、重新发现、重新开掘罢了。说它们“罢了”，是说并不新鲜，其原因就在于它们是生命本身固有的东西。陀思妥耶夫斯基如此，卡夫卡亦如此，他们都写出了生命在社会复杂的进程中、包围中所承受的直接、生动、痛苦、切实和丰富的煎熬。所不同的是“生还是死”，这在哈姆雷特曲折的故事只占一席之地的生命沉思，到他们的时代发展了，汇聚了，沉重了，弥漫成了“全部”！而萨特、加缪、索尔·贝娄、马尔克斯等人，发出的也不过是各自生命痛苦之火焰里不同的感受之光。文学是人学，即它是生命的，这本来不成为一个问题，问题在于“直接”和“间接”、“自身”和“他身”、“切实”和“切虚”、“生动”和“拟动”、“原生”和“再生”，一句话，主观和客观。所谓超现实主义“超”了什么？不就是生命从现实秩序掩盖的地方腾越而出吗？生命跨过传统的横杆，又回归生命的大千之渊游弋了。文学的千姿百态，是以生命的神秘、微妙为前提的。

以小说为例。无论巴尔扎克还是左拉，以及人们所受的传统审美教育，都在绵绵诉说，小说——尤其是现实主义小说，其审美标准是客观的，因此我们才在现实的、生活的体验中，用它像不像什么，是不是那么回事来判断它的“真实”。这时文学是

“生活”的，而不是“生命”的，是“类别”的，而不是个人的；是表面的，而不是深层的。诗歌则不同。在所有的文学中，它最不客观，最不“类别”，它是极端个人性的，它离生命最近，它主观而直接，因而最形而下又最形而上，它的手法变化最大最多最早，因为生命极其丰富，要表现丰富的生命，旧有的手法太不够用，非变幻莫测不可，因而诗歌总是走在其他文学的前头。后来小说、戏剧、散文赶上来了。它们更靠近诗歌了，“诗化”了。虽然二十世纪就有人说过“文学是诗学”，这是就其本质而说的；但从手法、内容等方面“诗学”全面开花，却是本世纪的事。因为不“诗学”就无法捕捉生命辐射的多棱多元之芒。客观的“像不像”“真不真”崩溃了，让位给电影电视了，因为后者更多地依赖于视觉、听觉和生活，更表层和平面，更短暂易逝也更依赖于综合的图画、音乐、表演等，这绝非科技和时代的产物，而是间接的生命需要。它们客观上促成了文学的“转向”，生命对文学提出了更高更苛刻的需求。小说等在“诗学”起来，变得更生命——更主观更个人化更混沌更朦胧更似是而非也更感性更音乐更形而下又形而上。它等待读者生命的参与、感悟，显现着生命写、写生命、生命悟的循环链，于是不是它不好“懂”了，而是旧式的“懂”的传统过时了。文学在变，不变的读者因而不懂又有什么奇怪的呢？

文学提出了不再是生活“懂”而是生命“懂”的新要求，高要求。它似乎发誓要检验作者和读者是美的懦夫懒人还是革新者、刻苦者。二十世纪的文学史在证明（我们不妨回首望去），还有几个客观型、现实型的作家是重量级的作家呢？中国的所谓新写实主义是不是真正的文学里已经沉落过时的死水最后泛起的微澜，回光返照的残迹呢？

生命是一个“黑洞”，无休无止。探索的兴奋和意义也就在这里。不“懂”的原因也在这里。“黑洞”探索“黑洞”，其前提，过程，发出者和目标者，共同组成了文学表现的“黑洞”形态。再加上语言文字的先天性局限，表达的确切性便永远“模糊”了。然而，它又是唯一不像电影电视转瞬即逝而是用文字固定下来的载体，因而是能不停阅读、反复思考和感悟的丰富存在。又由于它是生命的，因而后人能从有生命的文字里发现几百几千年后的真谛也就不足为奇了。越是生命的就越主观、直接、生动、切实、混沌、立体、多元，因而也就越长久越仁者见仁智者见智，因而也便永恒和不朽。如此的文学，还要去和电影电视争什么地盘呢？有什么可悲观忧虑的呢？文学没有也不会没落，只是人们的文学观念太陈旧太落伍了。文学也不乏读者，而是由于生命的千姿百态，读者也“分散”了，精锐了，多元了。客观的、社会的、传统大一统的文学，已经分解成了万紫千红、形形色色的个人的、直接的、化整为零的、主观的文学。

当二十世纪就要结束的时候，生命的话题已经不再新鲜。但由于生命的“黑洞”性质，它又是极其新鲜的。生命的文学和哲学从人类历史的浩瀚之作里端倪般启示着二十世纪的人们，并正式登上历史舞台，不过才一百来年。在这新旧交替的时刻，追求文学者是沿着已是夕阳的旧路辛辛苦苦奋斗一生走进黑夜，还是向着朝阳的新路不屈不挠地奔向将日照中天的生命文学，无疑是一个科学的、智慧的严峻抉择。

生命拍打着二十一世纪的山门已经很久很久了。那只文学的手，越来越坚定和自信。它木秀于林，“数风流人物，还看今朝”。

都市是什么？
——关于“新都市小说”的想法

都市是一个无法比喻、无法形容的存在。如果我们还没有丧失感悟和思考的能力，能在某一个时刻离开自身的忙碌，环视四周，想想都市的现状和生活本身——不用多，仅仅是自己身边的局限所略知的一点就足够了，就足以发现关于都市的文学，曾是何等苍白，何等浅薄，何等虚假——都市仿佛没有文学，它不属于“都市”。因为根本不知道都市是什么，都市早被作者非都市化了。真奇怪。所以我疑心“新都市小说”不是提倡出来的，提倡的东西很容易背离原来的本质，这是有若干年的“政策”文学史的教训为证的。因而我也更加感慨和佩服敢于开拓“新都市小说”者的勇气和胆识，这是一次危机四伏又充满希望的航行，弄得不好，就有翻船和人云亦云地驶入俗河旧滩的可能，因为作者们已经循着惯性的思维滑行得太久了，拨转方向十分困难，意识到此路不通已属不易，而其感悟和思考，早被重重的表层标签覆盖得喘息如丝——若如此，“新都市小说”又有何等意义呢？都市已经存在许多年了，但至少在当代，我还未有看到真正能揭开“都市”一角的好作品。担心不是没有理由的，如同都市的污染，岂是一年两年所能廓清的？

疑团和不满已经很久了。我一直不明白，都市多么丰富，多么复杂，简直不可穷尽——在这儿，有着各行各业的人，有着各种各样的真实，以及眼花缭乱的日子，众说纷纭的观念；人们出身不同，经历不同，性格不同；看法深深浅浅，或保守或新兴，或借鉴或时髦，或公开或隐蔽，或严肃或玩世，或坚定或消沉，或矛盾或认命，或无耻或虚伪……简直是一个无与伦比的大杂烩，怎么想象也不过分。甚至根本不用想象，只要俯拾一阵，或是像顽童顺脚踢石子一样来几下，没准儿就够人写一辈子的。可是，作者们就好像看不见似的，就好像不知道似的，整天在那儿胡编乱造，糟蹋着文学也糟蹋着都市，天知道，这是怎么回事。一个从农村到城市来打工的姑娘回家前特地到美容院修饰一番的心态仅仅隐藏着虚荣吗？那个振振有词地与几个情人周旋的“老三届”大亨就真的那么简单那么卑鄙那么符合你那时的道德谴责？那个官瘾十足的青年人真的就像他表面所显示的那样庸俗和可笑，一无是处，只会巴结和玩弄手腕？……不一定吧。都市已经存在很久了，还要存在下去。它有着纵横交错、一言难尽的种种可能性，有着古老的历史和民风，有着新的时代的汇流；它的人群来自四面八方，它的旅店里住着对北方的夜生活极不满的南方人，它的个体商店里盘腿吆喝着十几年前还是三好学生的老板娘，它的商潮滚滚财利攘攘的街市里走着不为时风所动的“怪人”和“隐士”，它的岁月演绎着独身女人的欲火和既守家庭又爱情人且心安理得自认为不悖人性的观念，它的雨夜流露着失去自然的空间只好望着霓虹灯向往萤火虫的思念；它是漩涡又趋于平静，它千篇一律又涌动不易觉察的色调，它繁华熙攘又命运各异，它暧暧昧昧又赤裸坦然，它钩心斗角又虚伪和气，它卑劣冷酷又江湖义气，它没良心没责任又无可奈何，它新鲜刺激又没劲枯燥，它失业潦倒又花天酒地，它公说公有理又众口一词，它我行我素又循规蹈矩；它高楼林立又破烂不堪，它报纸电台电视说的一套而老百姓说的又是另一套，它真真假假又原来如此，它由无数的人无数的命运无数的来历无数的性格组成又好像一股脑儿随波逐流庸庸碌碌不值一提……这就是都市，应有尽有，无限的构造无限的人生无限的可能无限的怀疑无限的区别无限的因素无限的大事小事流言蜚语悲欢离合古今中外——一句话，无限的一切，无限的组合。然而，恁的都市小说却像一个模子倒出来的，仿佛还在没有小说的年代爬行。只能羞愧万分地说我们退化了，我们背叛了。周围的都市是我们所写的那样吗？我们的真实我们的天赋我们的本事哪儿去了？

现象是再也不能继续下去了。因为可怕的不是现实，而是灵魂的不及格。我们生活在都市，却缺少都市的活力、创造、审视和个性。都市文学不仅仅是都市的场景和细节，而是都市的本质和方向。没有比都市题材充满着陈腐的、不真实的、非都市的作者的灵魂基调和观念更虚伪更可笑更不配写都市的了（虽然都市也存在着陈腐和肤浅，也许写作者也正是其中的一员，但这只应成为都市文学极小的一部分，因为都市的大部分不是这样的；而如果前者成了都市文学的主流，那就成问题了。何况还有一个作者怎样看待陈腐的问题呢）。都市作为一个概念的界定，是和乡镇、农村等有区别的。如果弥漫于都市作品中的感悟和思考，与别地作品也一样，又何必区分都市文学？如果说，都市的发展是文明的走向，是百川汇流的大海，那么，都市文学就应该有着进步的灵魂，深刻的观念，超前的希望，真实的个性，它应该代表着未来，它应该对生活有着不囿于传统的揭示和反叛。它不应在都市的外衣里包裹着枯朽的躯体和血肉，那是毫无生命力的。而所谓的不真实，亦在这里。

都市是什么决定了都市文学是什么。它应该是不同的风格不同的手法不同的观念不同的人生。它可以是现代派的又可以是传统的，因为现实主义还远远现实得不真不够不透。它是抒情的又是冷静的，因为都市生活并非单一抽象；在人们认为有所结论的地方，事实其实非常复杂，因而并非对就是对，错就是错；而大多数人认为正当传统的观念，没准儿是极其可笑可怜的——因为都市总是个性荟萃，思考不同凡响，生命超前急速的。仅想想这些年都市的变化，有多少原来不“正经”的东西如今会公然“正经”也就明白了。同样，众人公认的道德准则，在人性深刻的尺度里，也许过不几年就成为淘汰的渣滓——这样的教训亦比比皆是。因而，“新都市小说”就成了对作者的思考、灵魂、目光、学识的灼灼考验，并对作品的生命力提出了并非过眼烟云的严峻要求；而刊物呢，作为一次活动的“展示”，也就如前所说，既可能危机四伏——流俗而无意义，也可能充满希望——历史将记住由于良知和责任、胆识与勇气的开拓而形成真正的都市文学——即都市的本质与都市的精神。它不是平面和表层的，更不是浅薄和正统的。我想，也许正是由于对都市发展的把握和都市文学的失望，“新都市小说”才成了有志者奋斗的契机。它丰富和深刻得远远不是你我和这篇小文所能穷尽的，它或许只是一点提示，因而怎样期望它的繁荣都不足为奇。

出入天然

我们的选择是不是天然的？就像江河注定要奔流，胃肯定要饥渴缩胀一样。大人生也许并非文学。烟熏夜绕的沙龙里争论的文笔“大气”似是对文人的苛求。我怀疑海明威深知自己有致命的女里女气的脆弱，才欲克不能地“希望”出了那些蛊惑幼稚者的硬汉子，真诚地露出了破绽的黑痣。人的身上就有这种与生俱来的矛盾之苔——最原始的颤抖的细胞。它引发了希望，又绝对与之无缘。

似乎只有政治或非文学的生涯才可能是大气的。华盛顿、林肯、孙中山不会写出精美的忘却之赋，因为其本身就是一本彻底的风雨雷电的大书——非文人雕凿的传记。但他们和人类都在文学的渗透里。在博爱的宴席上，“大气”“小气”都会有人吃得津津有味。而迄今之前，人类不也有《荷马史诗》《哈姆雷特》与《静静的顿河》吗？苛求又似不过分。

我发现此刻我望着的是人类永难摆脱的非悲剧的微笑。虽然至今没有一部中国作品具有这种回荡时空的价值。不管你愿意与否，冬日深了，嫩绿就会从一夜南风中很青春地轻拂；快要淹死的人，手脚绝非健儿一样拍出芭蕾的节奏；听腻了柔柔的吴侬软语，无论“西北风”“东北风”，只要野犷就痛快。不变的日子久了，就会有渐渐长大的“变”覆盖维谷，即使是倒退也令人振奋，况且它们绝对是不以意志为转移的似退而进……天然必然多元。概率的灵魂扎根于宇宙，如同生男生女只要不人为制版就必然不会哼哼失调。一切都很正常。一切像极似是而非的循环，一切永远不会没有意义。人为的不平衡太臃肿了，时时发生，积重难返。中国的是是非非从来不是中庸而是横竖的整体大倾斜。独个的中庸济济一堂，众幡蔽日，社会就大失重。专制是零点几对几万万的倒挂，全民从政和全民经商都是亘古未有的大不平衡，且要糊里糊涂地“大”下去。这样的古垣残壁多得已使人看不见不是秘密的地基，火山喷发似的破坏性平衡调整——革命、战争，是对有思想、有能动之力的高级动物社会的悲哀讽刺。在真正有理想的先行者看来，理想岂是还需讨论的问题？他们行动着，如同已立志的人绝不再常立志一样。机缘的火种运动着，即使不具备燃烧素质的湿地已经错过了成千上万年，它依旧像健康的年轻男女们必然恋爱一样永生永世逡巡着情人。什么时候，得到的回答不再是持之以恒的怨天尤人，不再是已人到中年却或许至死也确定不了甚至懒于思考的最起码的话题？终于让子孙后代在零的窗下重新却上心头，又“唉”地吟哦着无可奈何花落去，似曾相识“过”重来！川流不息的“量”靠什么活得像一只只万年不死的乌龟，看不见一次质的野人般的踪迹，这竖的历史也莫名其妙地单调了。“君问归期未有期，巴山夜雨涨秋池”。我们的意义也许就在于把太毛病的人为不平衡再生回天然的原色：从人到社会，文学到自然，道理至行动。从此不再看见无处不在的浪费痛苦，束缚一生。

当我习惯于以血肉感受人类和世界时，我疑心自己以文字为喘息起源于污染的十字小溪。大约生下来不久就已经从被动的说教中丧失了天然选择的功能。以至于勒紧脖项还自以为是，装痴卖傻。记得清楚，当初肯定是部分为了名利才急急忙忙操笔涂鸦的。这名利是否毫无过错。文学确是我素质发展的东行之水？时常幻想非文学的自由自在生活是不是一种知难而畏的败家子情绪？昔日勾结名利毕竟成全了文学的娴熟，此刻看清了它却可能用之做做自己愿做的事情，这选择又似乎难论性别、黑白……说不准怎么活才是我，分不出是素质还是选择决定了命运。混下去还是重新钻木取火，从什么时候起，奇异地又成了一个问题。

或许就这样也能五音不全地唱到罗马，也许又并非如此；或许到不了罗马也能胡乱到一个去处——我肯定无权指责条条道路，幢幢目的；也许为着扳正倾斜，自觉地异化选择更有个性……然而面对四季，数点山川、草木、阳光、飞禽，我确信天然的做法更合理。确信为体面、虚荣、舆论，行走于流行价值之桥远非人生，不管它在特定的时代法庭如何振振能为自己申辩，心虚地溜之大吉。

天然就是个性，始终活跃着非羡慕的自信、坦荡。在人为的浊流中，它的长矛不懈地紧逼着安于现状的歪曲。但春夏秋冬，天然造化的更多的人却对一切视而不见，在一声声失调的爱情、人生、标点和路的聒噪里，聋成堆堆晃动的教训了。

训惟有训，不识之日久矣。

认真追求是忧虑之母

——答胡建平先生问

问：在当今散文界较为活跃并有所成就的中青年散文家中，你是既创作甚丰又在文体理论上颇有想法的作家，目前不少人在倡导“大散文”，你对此有何看法？

答：如今提法很多，尤其在文学领域，不仅仅是散文。但大多缺少阐述，定位也不明显，似乎越提越混乱，我疑心倡导者自己也没有搞清楚。这是浮躁时代的特征。也是多少年不求甚解的非理性文化的延续——只要想想对历史上的一些学说，我们至今仍在吵闹不休就会看得十分清楚。这是一个大话题，一本书、几本书的话题。我们还是来谈散文。“大散文”的概念，如果是指题材、风格的多样化，我觉得没必要提，小说、诗歌在这些方面更多样化，为什么没人说“大小说”“大诗歌”？如果是指散文的质的大气势、大手笔、大意识、大关怀，我是赞成的。如果说是指文体的扩展，如指散文包括回忆录、杂文、随笔、书信、小品等，我则有所保留，甚至认为正是散文文体的不限定，阻碍了散文的发展。限定很重要。许多事物都是在限定与反限定中发展的。如果没有限定，比方说江河流水，倘若无岸无堤，那就会泛滥成灾，而又缺少蓄水的深度。更举一个反面的例子，中国文化正是由于长期封闭的限定，人际关系学才特别发达，特别娴熟重要，有些人甚至达到炉火纯青的人际“艺术”之境。而诗歌小说戏剧等，正是有所限定，“逼”得其只能或首先向深处“挖掘”，这样，无论创作还是研究，都能不断创新，充满活力，讲究艺术规律性的东西，如语言、韵律、语境、象征、流派等，只有当其在限定中似乎“走投无路”了，才向外“扩张”、借鉴，这就是反限定。但这时的“非限定”已经发生了质变，已不是限定前的状态了。就像同是人的烦恼，激光时代与铁器时代不可同日而语一样。这里还有一个辩证法问题：散文的限定，看起来，“路子”窄了，实际是宽了，因为计算的方法是“深”，是立体的而非平面的；如果大而宽泛地无限定，就会像水漫田野一样只留处处浅洼，永远流失，这已是被证明并仍在丛生的事实。要将散文还给文学，还给艺术。否则，散文就永远不是一个话题，就没有什么值得研究和超越的。为什么我们从小学到大学的教材里，散文范本都是“文学散文”，而到了社会上却混乱不堪？为什么明明已经有了小品、杂文、随笔、回忆录等的命名，又要将其归于散文这样的并行概念？这不是一个逻辑错误吗？在这样的前提下，争论“大散文”“小散文”岂不荒谬？

问：当前，“生命化”的散文作品十分流行，你曾多次在一些散文研讨的场合，将其区分为生命感受与生命精神的层次，二者区别究竟在哪里？

答：两者都是生命，从表面看，有许多相同之处。首先，出发点是共同的，形象感、混沌感、直觉感、现实感也都差不多。区别在于，生命感受性的散文，浅显、狭隘、表层、琐屑、小情小调、小恩小怨。好像只是一些未经过咀嚼、熬炼的矿石型、素材型的东西，较为情绪化、一己化、流行化；而生命精神性的散文，则是博大的、深刻的、升华的、理性的、人的（人类的）、形而上的，就像苦难经历和苦难意识绝对是两码事一样。有的人有苦难经历，但不一定具有苦难意识。而历史上有不少贵族，如俄国十二月党人，在流放之前，他们并没有多少苦难经历，但充满着人性的、人类的苦难意识，因而他们可以慷慨赴难。而有一些具有苦难经历者，却往往逃避或背叛，或变本加厉地捞回“苦难”中失去的一切，不择手段。

在此，我特别想强调一点——因为事实已经发生过多次了：在一些场合，曾听到有人或是歪曲我说的“生命精神”的人的内涵，冠以权力话语的教条内容，或是以“生命感受”的肤浅去指责一些青年作者，这是有违我的纯艺术分析的初衷的。苍天生万物，百花齐放，我绝不想贬损生命感受性的散文，虽然我有自己的追求，但我同样尊重别人的存在，而且认为，即使是生命感受性的散文，其起点、方向都是对的，没有走到时文、新八股、图解政策、迎合某些观念的歧路上去；从生命出发，这种散文没准儿就会走向生命精神、出大手笔（即使不出，也无可厚非）。

处在这样一个观念极其混杂的情势下，我们尤其需要理性的清晰。

问：目前散文走俏，很“热”。然而奇怪的是，一些在散文寂寞的岁月里坚持创作，如今已有成就的中青年散文家，却有忧虑之感。你有吗？你是如何想的？

答：“忧虑”的原因很复杂，各人情况不同。就我以及常在一起交流的散文界朋友看来，“忧虑”的原因，在个人方面主要是不想重复自己、寻求艺术突破的苦恼；就社会来说，是看到了散文“热”中量的泛滥，质的罕见，“热”而疲软，艺术价值的被贬损。其实这忧虑并非散文所有，任何行当，任何认真地对待人生对待事业的人都有。可以说，认真的追求是忧虑之母。

目前散文“热”中，除了思想的贫乏、对严峻人生的回避之外，最缺的恐怕还是艺术创新的活力。散文的创新与诗歌小说戏剧不同，它没有外国的借鉴和模仿，传统包袱又重，所以极其艰难。也唯其如此，如果有所创新，那真是真正的中国特色、中国人的骄傲。在这一点上，我很理解杨朔。他和如今许多写散文的人不同，他是认真的，有追求的。这种人生态度，如今许多人已经丧失了。杨朔散文中唐诗宋词似的艺术构思自成一家，对散文的发展是有贡献的。之所以有杨朔模式，不关杨朔的事，是别人总结、框定出来的，就像孔子学说和“孔家店”是两码事一样。当然，杨朔本身的艺术也有弱点，不然怎么能从他那儿总结出“模式”？他有模式因素才有别人的发扬光大。但从尊重人出发，杨朔又有权拥有弱点与“模式”吧。我们应该形而上地抽象出杨朔艺术追求的认真的人生之态，而不是以偏概全地否定他。哪个时代不需要这种认真的追求呢？汲取这种精神，拿出自己无愧于历史的精品，也许是我们战胜忧虑，克服疲软的活力之一。

问：你在艺术创新的忧虑中还是有所思考并艰难努力的。我曾在一些大学校园看到你的一些据说是难以发表的作品，比方说《夜在当代讲述什么》《在阿布兰阿德庄园听讲解》。它们在一些大学生、研究生中以复印件、手抄件方式流传。我也曾得到一份。读着读着，沉进去了，好像在为我自己的心态画像，感慨良多，但又觉得它们确实超前了。你，能谈谈它们的情况吗？

答：说是超前，也是多年前的旧作了。虽然至今仍未能发表，但我觉得如果现在来写，不满意的地方会少一些。说发表不了，恐怕主要是未为发表下“功夫”。投过几家自己信任的报刊，没有发，就不愿再投了。中国这么大，我想如果一而再，再而三地投，可能会有结果的。二十世纪八十年代后期，我有一些至今看来好像仍很“超前”，发表后曾被人撰文批评过“不懂”“弄玄”的作品，如《重返红卫兵山》《何时？何地？何事？》《人都是要死的》，它们最初也是在校园以手抄本或复印件流传的，后来就在《萌芽》《上海文学》等刊发表了。在类似上述散文中，我的追求是刻意的，因为我认为所谓艺术的最高境界是无技巧，只是可能性的结果，其背后隐藏着通向它的道路首先是最刻意的技巧。刻意是诚实而辛苦的劳动。刻意然后入化，其过程是不可绕行的。就像音乐、绘画、武术，初始不都是一笔一画一招一式不能玩虚玩“花”，必须求实求真吗？但说到刻意，也仅仅是刻意于一个大概的轮廓，因为灵感往往是三分之一产生于创作之前，三分之二在创作之中，实践具有多种可能性。比方说《在阿布兰阿德庄园听讲解》一文，最早叫《庄园对话》，后来才写成一种更隐喻更具象征性，采用许多年后的人们来看今天的具有预测性、虚构性视角的作品。在社会没有限定散文之前，我想先自我限定，拿自己做一个实验，看看自己在散文属于文学的“狭窄”天地里，往深处能进一步发现一些什么风景。

问：有些评论，包括一些读者，认为你的作品沉重、晦涩，你自己怎么认为？

答：首先我尊重这种判断。作品一旦问世，就是客观存在，谁都有任意批评的权利。就我自己而言，则是一种性格，也是经历等复杂因素——总之是很自我的本色造成的。我常常觉得它们还不够沉重。如今的时代，社会、心灵、命运、时空、情感、生命等，怎么想象其沉重都不过分，事实如此，我才写出了几分之几？我为自己不够“沉重”而忧虑，因为我甚至无法写出自身沉重的一个零头。至于“晦涩”，可能是一个审美心态和接受储备的问题。就像有的人乐意坐索道、坐直升机去名山大川观光，有的人就愿意披荆斩棘、翻山越岭，走投无路又豁然开朗地旅游一样。我大约属于后者。我生性喜欢努力跋涉之后的那种自我获得的豪迈快感和跋涉过程中的千滋百味，就像吃食物，肉食鸡和山鸡总有区别，张口就咬的梨和必须砸壳而吃的核桃也不同一样。

问：你认为一个好的散文作家需要具有哪些素质？

答：极端独立的个性与自由心态，有分量的人生和丰富学识。我仰慕俄罗斯和法兰西的散文，也欣赏五四时期一些大家的散文，因为后者是以充足的学识、人生和文气来写短小精悍的作品的，我也很喜欢一些同代作家中，人文气、思辨性十足又“闲逸”的文字，虽然我“沉重”，我写不来，但在个性上，在自由人格上，在不媚世屈俗上，我们是一致的。而命运体验是最真实的疼痛，我的同代作家中，那些属于不可替代的、唯己感受最深最独到的作品，不仅一直令我感动和难忘，而且给我一种支撑的力量，使我在现实中以“深渊写作”的必然存在，省悟着自己的价值时，多少不那么孤单和寂寞。

问：你在山东讲学时，曾“发明”了“副刊散文”和“刊物散文”的概念，它们的区别在哪里？

答：这是两个不准确的概念，只是粗略的划分。它是从时代的分化、文学的多元现状得出的思考，也是由报纸（包括非文学杂志）和纯文学刊物的不同性质决定的。前者一个“副”字已很说明问题。它以新闻性、社会性、生活性的内容为主，文学为次，篇幅短小，面向大众一般阅读层次，所以艺术要求不高，属业余性质；后者则是专业的，艺术要求自然不能相提并论，这与一般科普文章和专业学术文章的区别异曲同工。任何专业都有本身的规律，不是人人都能成为专家的。这一点人们很明白，却又往往在艺术领域混淆界限，这个问题很奇特，也很复杂。艺术不是更深奥的生命现象吗？人不是能解释很多电子、物理、化学现象，却对人自身的情感、欲望等生理、心理现象难以把握吗？且不说混淆是一种起码的无知，仅说它在现实中造成的恶劣后果，就已使我不得不正视。我做过多年文学刊物的散文编辑，常常遇到这种情况：许多青年作者在报纸副刊发表了一些短文，就自我感觉过于良好，好像散文不过就是这么回事，再也不思进取，以为自己已得到真谛，成为“名人”了，文学的成功太容易了。这时你要是觉得他的作品还不宜文学刊物登载，就得罪他了，无论你如何真诚，如何肝胆相照地为了文学向其建议，为了他好，也听不进去，因为他已塞满了被宠坏的自以为是的先入之见；遇到心地狭窄的作者，你还莫名其妙地成了他的“仇人”，那些卑劣的青春能量真够歪门邪道的。但又有什么办法？来稿这么多，总是极少数能发出，大多数发不出，如果你对文学还讲良心，你干的就是“得罪”多数作者的事业。这还是小事。更可怜的是，他们还以“成功者”“权威”自居，不过尔尔，却互相吹捧，互相“炒作”，极其浅薄却振振有词地去“教导”别人如何写作，如何投稿，如何迎合，如何投机取巧，结果损伤了才华，也损伤了文学，形成恶性循环。这已是社会灾难的层面了。社会是每一个人的，所以人人都有不可推卸的言说责任。每一个真正追求艺术的人，为此下过苦功的人，走到一定层次的人都知道，艺术，简直要多难有多难，要多深有多深，别说短时间，别说自己，就是整个人类在时空里的这么多人这么多年，谁又穷尽了呢？谁又能自以为是呢？如果能穷尽，还轮到你吗，文艺复兴的大师们那时就早画句号了。

文学，怕是不能以十年，甚至是不能以百年来算的。这样的事例，难道不比比皆是、触目惊心？

我这也是一家之言。

其实这些人也该知足了，不能“越位”。你所要的，不是别的报刊已经给你了吗，干吗还要到艰难而痛苦的文学里来投机搅水呢？就像当年黄埔军校校门所写的：升官发财请去别处，贪生怕死莫入此门（大意），此话对文学而言太重了，但道理是一样的。

问：但你不是也写过一篇《副刊，多保重》的文章，对副刊提出了较高的要求吗？

答：是的。但这些要求，主要是对副刊所承担的提高民族文化素质的责任而言，其次才是文学性的。现在报纸很多，副刊也很多，但却常常是“迎合”读者，说白了，是迎合钱，因为需要读者掏钱买报。但这迎合是一厢情愿的。其一是读者的口味多种多样，其二，编者是否也把读者口味看得太低了？如果迎合钱没什么不对，那么是否还有怎么迎合，以及责任感的问题？是以出卖编者的人格文格，推卸文化提高的责任，以奴性奴婢的形态去“迎合”吗？

而在五四时期似乎不这样。那时一些后来蔚蔚入了文学史的前辈们，不仅办副刊，也为副刊撰稿，且声名鹊起，但都没有“迎合”。我曾看过海外知名学者黄仁宇的一本书《赫逊河畔谈中国历史》，他是美国南伊利诺大学和纽约州立大学的教授，哈佛大学东亚研究所研究员，著述甚丰，而这本书的内容就是全部发在《中国时报》“人间副刊”上的。你能说《中国时报》没有经济问题，发行问题？那里比国内更重经济更是没钱就无法生存，但《中国时报》就有慧眼，就有良知和信念。赚钱有多种方式，但绝不能以牺牲文明的品位、人格、责任等为代价。

在目前的国情里，报纸副刊的高品位尤为重要。因为如今行色匆匆，人生忙碌，报纸的覆盖面、阅读节奏更适合当代人，所以责任也更大，它是提高民族素质的“阵地”。副刊品位高了，是一种良性循环，读者渴望，编者热心，著者卓识，习作者效仿，彼此爱读、爱写、爱编，推波助澜节节高，读、写、编都会更上一层楼，其力量就大了，希望也就日渐光明，经费问题也会逐渐好转，因为一切都是运动的、发展着的。而这种良性循环，目前不是已在一些报刊的身上应验了吗？

编后记

死在路上的兄弟

刘烨园是新时期中国散文极具个性的代表作家。对于新时期及之后的文学现象和发展趋向，他投入地探索、思考，有许多深刻的体察和见解。对于中外散文的历史遗迹，他精读细究，承继为先，一面清理修剪，一面总结建设，思维清晰、目光如炬。从理论上、从艺术的创造和表达上进行积极的实践，捕捉托载深重大地原义的信息，省醒与鞭挞顽固症结所在，痛触文学艺术迸发创造力的自然理路，写出生而为人的文字。那些前瞻性的思想和观念，那些肃穆而诗性的创造，是他留给当代中国文学艺术园地的精神遗产。他鲜明有力的倡导与实践，对于新时期及之后散文的写作生态，产生过不小的震动，启发性和影响力延伸至今。

在人群中，刘烨园常显出不善言辞，一副消瘦的身型，幽暗的肤色，宽厚的姿态。旁人说话时，他或沉默抽烟冷静倾听，或慢条斯理嘿嘿微笑。兴致尚好时，身体前倾，个性十足，语出惊人，长谈不竭。坚实的立场和对于生命本质、艺术精神如配刀一样须臾不离身心的执念，以及深邃的思想光照与严密准确的表述，给朋友们留下深刻印象。他是新生代散文代表作家中年龄稍长的写作者、思想者、艺术创造者，经历了五十、六十、七十、八十、九十年代的社会内容，个人命运与那个时代紧密联结，可以说生死与共，而他异于很多人的是内心常存着激越、耐力和悲悯，期待文学和艺术新的生命体验、认知、思维和形态，这在他身体力行的作品中多有体现。他的文字篇章时而喷涌，时而略显沉郁，但他始终是作为文学的编辑者、写作者和思想者、艺术精神探索者存在的。二十一世纪以后十来年间，刘烨园选择回到家中，蓄积精力，写作他的最后一部费心倾力之作，直至二〇一九年六月三十日因病去世，停笔，终年六十五岁。

在他病重住院期间，我和几位朋友从北京赶去济南探望，枯瘦的身躯，仍顽强地保持着他的倔强和宽和。一个多月后再去济南，于悲抑中与英年早逝的烨园兄告别。新老朋友亦从全国各地赶赴济南为刘烨园送行。

受他本人、我们共同尊重的朋友张炜和广西师范大学出版社·纯粹 Pura 委托，二〇二〇年初，我把从刘烨园八册遗著中选编出的三种散文集，交予广西师范大学出版社·纯粹 Pura 编辑出版。《一生与某日》为其中之一。作为刘烨园的朋友，我时常感觉到他作品中哲学思维的力量，在他大量的散文文本中，充满了理性思辩，自觉的逻辑遵循和对客观事项的观照；艺术表现纯粹，文字敏锐、精确，甚至犀利，强劲的艺术思想直抵时代、社会、历史、人生的原处，而他穷追不舍，继续深进探究形成事物如此这般的更深层面的缘由及其影响，许多作品堪称当代散文随笔精品。阅读他的作品，需要跟上他的节奏和思绪，需要专注其间，需要阅读量的储备，需要适应他对于自己和社会历史客观警醒、无情审视的状态与言说方式。其实，只是在完成认真存活着的人们之间，心与心的交流、体会，还有，因为共同的努力而可能抵达的启蒙。

刘烨园对于新散文写作的领悟和践行，很是自觉地与生命在一起，于家国、与天下在一起，与诚实的本性和一贯持守的人本、人文、人性在一起，他始终与人类命运休戚与共，也就再自然不过了。刘烨园受到许多文学界同道和广大读者朋友的喜爱，也是自然而然的，值得长久珍惜。十分感谢广西师范大学出版社·纯粹 Pura 的编辑、书籍设计者等对刘烨园的珍重并为保障出版环节的品质做出的重要努力，感谢作家张炜对刘烨园遗著出版的关心、支持，感谢刘烨园的夫人陈群力老师的大力协助。

二十世纪九十年代，刘烨园为陕西英年早逝的作家朋友写下打动人心的散文《我的兄弟　死在路上》，我曾在主编的英年早逝的新生代散文代表作家苇岸的纪念文集《未曾消失的苇岸——纪念》（广西师范大学出版社，2019 年 5 月版）中，所写《过去是怎样活在今天的》谈到：“朋友刘烨园曾写过一篇悼念陕西一位青年作家的随笔《我的兄弟　死在路上》。是这样，我们的朋友，死在路上。用在苇岸身上也很恰合。”现在，我以为用于刘烨园自己，也恰切得让人心痛，他也是一位死在路上的兄弟。又失去一位好作家、好朋友，悲痛、哀伤至深历久。但愿烨园兄安息、永驻。

刘烨园生前清醒的时间，请他的夫人陈群立老师记录下他最后的意志主张：

> 我累了。灵魂告诉我，我将在一处听得见水声的山道拐弯处，靠在一根倒塌的百年枯树根部，躺下，休憩——仅此而已，与死亡无关，与所谓的仪式们无关。
>
> 我庆幸在水声中，还能闻到在久远青春的柴寮土灶里，续着湿涩的思想、劈柴的烟味儿。我的夜空正在渐渐龟裂开来——青春没有离我而去，激情犹在，我只是累了。
>
> …………
>
> 我感谢巴乌托夫斯基，年轻时在他的著作里我读到这样的细节，在古老、荒凉的海滩，在月光与海水的光影里，立着一块斑驳的石碑，上面刻着：纪念那些未能从海上归来的人。这个句子凝聚着多么复杂的深远思绪，蕴含着命运与时间、苍凉与终极、风暴与搏斗、悲壮与微笑等等鲜活的场景，信使死了，信息长存。有些句子是能够复活一切的，有些句子要有尽有。

战士倒下，精神树立。

冯秋子

2023年6月6日